愛内
illust:

エルフ嫁とつくる異世界ハーレム!

ぷちぱら文庫 creative

「もっと、もっと子種ちょうだい……、
私のエルフまんこに、いっぱい注ぎ込んでぇっ!!」

「あ、あぁっ、おチンポすごい……、私のこと、孕ませようとしているのわかるっ！」
「硬いの入ってきたぁっ！　や、やだ、入れられただけなのに、イクぅっ!!」

プロローグ　エルフという最高の嫁種族！

「ねぇ……康弘《やすひろ》、きて……」

「あ、ずるい、私が先よ」

「私もして欲しい……」

「まあまあ、落ち着いて。みんなちゃんと可愛がってあげるよ」

俺の目の前には、三人の裸のエルフ。

しかも全員がとびきりの美人だ。

夢にまで見た光景が、いま現実として俺の前に広がっている。

ああ、生きていて良かったな……！

「もう、早くってば」

「うおっ」

「このおちんちんで、私のこと気持ちよくしなさい」

「あぁ、エリナ、抜け駆けよ」

褐色の肌をした気の強そうな美人エルフ……エリナが、俺のペニスを掴む。

そのまま上下にしごきながら、先端を舌先で弄ってきた。

「れるっ……ん、だって、我慢できないんだもの……」

「う～、私だって同じよ！」

横から、カタリナが割り込んでくる。

そのまま竿の部分を舌を使って舐めてきた。

「れるっ……ちゅっ、んっ……旦那様のおちんちん、今日も立派……れるるっ……」

「うくっ、そんな……ふたりがかりでなんて……」

「ふふ、そんなこと言って、お前のこれは喜んでいるみたいだぞ？」

「ええ、ぴくぴくして、とっても気持ち良さそう」

ぬるぬるとしていて熱い舌が、左右から俺のモノを刺激してくる。

ああ、エルフがよってたかってペニスを求めているなんて……なんだここ、天国か？

「うぅ、ふたりばっかり。私だって、康弘のが欲しいんだからね。えいっ」

「わっ！」

他のふたりを押しのけながら、メルヴィが抱きついてきた。

「私も康弘のこと、気持ちよくしてあげる」

「メルヴィ……んっ……」

俺に情熱的にキスをしながら、メルディがペニスを手で掴む。

そしてそのまま、上下にしごき始めた。

「どう？　ちゅっ、んちゅっ……気持ちいい……？」

「ああ、すごくいいよ……」

「ちょっとそれは強引すぎるんじゃない？　メルヴィ」

「そうよー。せっかく私たちがご奉仕してたのに」

「んっ、ちゅっ……ちゅぱちゅぱ……ちゅうぅっ……！」

「あ、これは夢中になって聞いていないな」

「む～、だったら私は私で好きにやらせてもらうわ」

そう言ったかと思うと、カタリナが俺の横に回る。

そのまま座り込み、顔を俺の身体に近づけてきたかと思うと、乳首を舐め始めた。

「うあっ、カ、カタリナ……」

「ふふ、可愛い声出てるわよ、旦那様。男の人だって、ここは感じるわよね？」

「なるほど、それは良いアイディアかもしれないな。じゃあ、私も」

「あー、真似しないで」

「いいじゃない、2つあるんだから。れるっ……ちゅっ……れるるっ……」

「くぅっ……」

競い合うように、ふたりが俺の乳首に刺激を与えてくる。

熱くぬめる感触に、下腹部では俺のモノもビクビクと反応していた。

「んちゅっ……ちゅちゅっ……康弘のすごく元気になってる……興奮してるのね？」

「そりゃ、こんなことされて、興奮するなっていうほうが無理だろ」

俺はメルヴィの言葉に素直に答える。

こうしている今もどんどん、俺のモノは硬く大きくなって、激しく自己主張していた。

「あふっ、エッチなお汁出てきた……んんっ……はぁ……本当にもう、我慢できない……ねえ？　康弘のこれ、ちょうだい？」

メルヴィが、ぞくぞくするようないやらしい声でお願いしてくる。

「ぴちゅぴちゅ……それなら、私も……早く、ヤスヒロのチンポ、入れてほしい……」

「私も……はふっ、とっても興奮してきちゃった……あんっ……」

他のふたりも同じように、俺のことを求めてくる。

当然、断る理由なんてどこにもなかった。

「さっきも言っただろ？　全部ちゃんと可愛がってあげるよ。だから、ほら、みんな横になって」

「うん、康弘」

「思いきり、激しく頼むぞ」

「ああ、いよいよしてもらえるのね」

みんな期待の色を顔に浮かべながら、素直にベッドに横になる。

全裸なおかげで、大事な部分が丸見えだ。

どのおまんこもパクパクとひくついては、ものほしそうにしている。

「さて、まずは誰からにしようかな」

「私、私からお願い」

「なにを言っているんだ。ここは私だろう」

「絶対、私から。逞しいおチンポ、早くちょうだい」

俺は三人のおまんこを見ながら考える。

よし、やっぱりまずは彼女からだ。

そう決めると入り口にペニスの先端をあてがい、一気に突き入れた。

「あぁっ！　んっん、んくっ、は、入ってきたぁ……!!　ふあぁっ」

「なんだ、メルヴィが一番最初なのか」

「うぅ～、羨ましい……」

メルヴィのアソコはさしたる抵抗もなく、俺のモノを飲み込んでいった。

先端が奥にぶつかると歓迎するかのように締めつけてくる。

「あふっ、あ、あんっ、おちんちんすごい……んぅっ……あんっ、あ、あぁっ……」

「メルヴィの中、すごく熱くなってるよ。よっぽど期待してたんだな？」

「え、ええ、康弘のおチンポが欲しくて、うずうずしてたのぉ……」

「よし、思いきり気持ちよくしてあげるからね。動くよ」

俺はそう言うと、ゆっくり腰を動かし始めた。

ペニスの動きにあわせて、膣肉がまとわりついてくる。

それらを振り払うように、激しくピストンを繰り返した。

「んぁ、康弘の出たり入ったりしてる……ひゃんっ……あっ、あくっ……んぁあっ……」

「メルヴィったら、すごく感じてるな、羨ましい」

「私も早く旦那様のおチンポ欲しい……おまんこ、切なくて……んんっ……」

待ちきれない様子で、カタリナが自分の指で大事な部分を弄っている。

それを目にした俺は、メルヴィの中から一旦自分のモノを引き抜いた。

「あんっ、康弘？」

「悪いな、メルヴィ。またすぐに入れてあげるから」

そう言いながら、俺は次はカタリナの中へとペニスを一気に突き入れた。

「あっ、ふぁっ、そんないきなり……あぁっ、おチンポ入ってきたぁっ……!!」

「だって、カタリナはこれが欲しかったんだろ？」

「は、はい、そうなの……私、ずっと旦那様のおチンポが欲しかったんですぅ……!1」

メルヴィとはまた違った感触の膣内が俺のモノを締めつけてくる。

狭くて浅く、これはこれでものすごく気持ちいい。

俺は行き止まりに、ごつごつと先端をぶつけていく。

「んぁっ、ん、んくっ、おちんちん、奥まで届いてるぅっ……ああっ、いいっ、いいの……ひぁぁっ!!」

びくびくと身体を震わせながら、カタリナが甘い声を出す。

何度か往復を繰り返したところで、俺は再びペニスを引き抜いた。

「あふっ、んあっ……」

「さて、最後はもちろん……エリナだっ！」

「あんっ、やっとチンポきたぁ……ああっ、あ、あぁっ、やっぱり、いい……んんっ、んあぁっ……！」

他のふたりと同じように、ペニスを一気に奥まで突き入れる。

エリナの膣内はどこまでも深く、俺のモノを包み込んでいく
「あぁ……エリナの中も最高だよ」

「あっあ、あんっ、最初から激しい……やんっ……ん、んぅぅっ……」

「激しいのがお好みだろ？」

言いながら俺は激しく腰を動かす。

ベッドをぎしぎしと軋《きし》ませながら、エリナが嬌声を上げる。

「そ、そう、激しいのいいのっ。んあぁっ、あ、あぁっ、私のおまんこ喜んじゃってる……ひゃんっ……ふぁっ、あ、あぁっ！」

「よーし、ここからが本番だ！」

完全にエンジンのかかった俺は、エリナからペニスを引き抜く。

そして、三人のおまんこを順番に激しく犯していった。

そう、誰かのおまんこに挿入しては抜き、そしてまた別の穴へと、何度も繰り返した。

「んっん、んはぁっ、あ、ああっ、康弘、いいのっ、もっと、もっとしてっ……」

「私のおまんこ、いっぱいズボズボしてっ。ひゃんっ！　ああっ、あんっ、あひっ!!」

「固くて太いの、ごりごりって、中を擦ってる……んんっ、か、感じすぎて、おかしくなるぅ……ひゃふっ……ん、んんっ……んくぅっ！」

ずちゅずちゅといやらしい音を立てながら、三人のおまんこを犯していく。

こんな夢のような贅沢も、今の俺には許されるのだ。

「はぁはぁ、三人とも最高に気持ちいいぞっ！」

「うんっ、私もいいのっ……！　康弘のおちんちん、いいのっ……はひっ……もっと、奥まで突いてっ!!」

「あ、あ、あんっ、んんっ、天井擦られると、声出ちゃうっ……ふあっ、あ、あぁっ！」

「んんぅっ、腰、勝手に動いちゃう……ひゃうっ、んんっ、んあっ、あ、ああっ……！」

　三人のおまんこの感触はそれぞれに違い、それぞれに良さがあった。

　往復を繰り返せば繰り返すほど、奥から溢れ出す愛液の量が増していく。

「んんっ、ん、んぅぅっ……おちんちん、じゅぽじゅぽってエッチな音しちゃってるぅ……ひゃんっ……あふっ……」

「わ、私のおまんこ、旦那様のおチンポにむしゃぶりついちゃって……あぁっ、ん、んぁあっ、あ、ああ、あふっ……!!」

「そこ、そこいいのっ……そう、もっと、いっぱい擦って……あひっ……あうっ、あ、あくっ、あ、あぁんっ!!」

　すっかりとろけきった膣内が、愛おしそうに俺のモノを締めつけてくる。

　愛液でぐちょぐちょになった膣肉をペニスで擦るたびに、ぞくぞくと背中が震えるような快感が襲ってきた。

「はひっ、ん、んんーっ、んぁっ、あ、ああっ、先っぽ……子宮口に当たって……はひっ、それ、感じすぎちゃう……あぁんっ！」

「私の中、旦那様でいっぱいになっちゃってる……ひうぅっ、ん、んはあっ……あうっ、あぁぁっ……!!」

「ダメっ、んくっ、勝手に締めつけちゃうっ……私のおまんこ、ヤスヒロの精子欲しいって言ってる……ひぐっ、ん、んんーっ!!」

三人とも、俺のペニスで完全に乱れきっていた。

狭くきつい膣内が容赦なく俺のモノを締めつけ、激しい快感を与えてくる。

「あっ、やぁっ、まだ激しくなってる……んあっ、あ、あっあ、あんっ、あ、あ、あぁっ!」

「そんなにされたら私のおまんこ壊れちゃうっ! んんっ、んくっ、ん、んうっ、ん、んはぁっ!!」

「はひっ、あ、あんっ、チンポ暴れてる……ひうぅっ、すごいのぉっ……あくっ、あんっ」

俺のモノが膣内を往復するいやらしい音が、室内に響き渡っていく。

もっともっと気持ちよくなりたくて、俺はひたすらにピストンを繰り返す。

三人とも、興奮で長い耳が先っぽまで赤くなっていた。

「はぁはぁ……あう、あ、あ、あんっ、あ、あひっ……ああっ……ん、んんっ……ん」

愛する最初のエルフ嫁、メルディの熱いおまんこも。

「カリ首のえらばったところ……んくっ、気持ちいいところに当たって……ひぅうっ、それ、いい……はふっ、ん、んああっ」

ダークエルフであるエリナの引き締まったおまんこも。

「ああっ……チンポ熱すぎて、おまんこ、ヤケドしちゃいそう……あんっ、あぁっ……」

熟れきったカタリナのおまんこも。

すべてのエルフまんこが、最高のハーモニーを奏でていた。

「んあぁっ、ぐりぐりって……やぁっ、それ、すごい……ひゃんっ……ん、んはぁっ」

「そ、そんなに腰押し付けちゃっ……きゃうっ……あうっ……あふっ、あっあ、あんっ、んんっ!!」

「んんっ、んはっ……チンポ膨らんできてる……んっ、んあっ、イクの？　イキそうなの？」

「あ、ああ、そろそろイクぞ……」

三人を相手にして、いい加減、限界が間近まで迫っていた。

俺はゴール目指して一気にラストスパートをかける。

「あぁっ、あんっ、あ、あ、ああっ、すごい……それ、激しすぎて……ひゃんっ……ふぁっ、あ、あふっ、あ、ああっ！」

「く、くる……私、すごいのきちゃいます……おまんこ、いっちゃうっ……!!」

「わ、私も、ん、んああっ、イクっ……んんっ、んああっ、イクイクイク……!!」

「ぐっ……!!」

それでも俺は、歯を食いしばりながら射精しそうになるのを堪える。

ぎりぎりまで三人のおまんこを味わっていたかった。

「あぁっ、んっ、あ、あひっ、おちんちん、すごくビクビクってしてる……」

「も、ダメっ、私、本当にイッちゃう……おまんこ、イクぅっ!!」

「あぁあっ、ふぁあっ、すごいのきてるっ……私、もうイッてるから……ん、んあぁっ！」

ぎゅうぎゅうと容赦なく、三人の膣内が等しく俺のモノを締めつけてきていた。

そして勢いよく引き抜いた瞬間、その刺激に一気に限界が訪れた。

「ぐっ……で、出る……!!」

目の前が爆発したかのように真っ白になる。

そして俺は思いきり、三人の妻の身体目掛けて射精していた。

「あぁっ、あ、あっあ、あんっ、精液かけられながらイクうっ!!　ふあぁぁあっ！」

「あ、熱いのいっぱい……んんっ、んあっ、あ、あんっ、ああっ……」

「はぁはぁ……あんっ、これ、気持ちよすぎ……私、おかしくなっちゃう……」

三人がビクビクと身体を震わせながら、荒い息を吐き出す。

俺は気だるい満足感で全身が包まれるのを感じながら、その様子を眺めていた。

ああ……本当に最高だ。

心の底から、異世界に召喚されて良かったと思う。

こんな生活を知ってしまったら、もう社畜になんて戻れないよな。

いや、たとえ元の世界で王侯貴族のような生活を送っていたとしても、その全てを捨てたとしても後悔しなかった自信がある。

何しろ、俺は――。

第一章 いざエルフ嫁の異世界へ

「疲れたぁ……」

会社の仕事が終わり、駅へと向かう。

終電までまだ時間はあるが、のんびりしていると日付が変わりかねない時間。

大学を出た後、就職氷河期を乗り切ってどうにか潜り込んだ会社だ。

嫌いではないが、やりたい仕事でもない。向いていないわけじゃないが、バリバリ活躍できるほどでもない。

少しくたびれたスーツを身に付けた自分は、右を向いても左を向いても、大量生産をされたかのような男達の中のひとりでしかない。

そのことに特に不満はないが……。

「こんな時、美人で可愛くて、優しくてエロいエルフ――そう、エロフの嫁さんがいれば、もっとがんばれるのに」

そんな「ごく普通」の夢を持つ、何の変哲もないサラリーマンが、俺……田辺《たなべ》康弘だった。

「ただいまっと……」

しかしそんな俺の夢も空しく、アパートに帰ったところで出迎えてくれるエルフの嫁さんなんていない。

何故だ！　毎日！　こんなにも真剣に願っているのに!!

「……とりあえず、飯食うか」

暗い部屋に戻ると、顔を洗って出来合いの総菜を流し込むように食べて、軽く酒を飲む。あとはベッドに横になって、気に入った映画を眺めるくらい。

……エルフ、どこかにいないかな。

誰もが夢を見たことがあるだろう。

指輪をアレコレする話に始まり、少し前には呪われまくっている島の冒険譚、おっぱいでレボリューションしちゃうようなエルフの出てくる異世界物語。それでなくとも、世の中に出ている作品には、美しきエルフが溢れている。

これだけみんなが知っているのに、実際には存在しないなんてあり得ない。

きっとどこかにエロフ……じゃなくて、エルフがいるはずだ。

今度、たまった有給を使って探しにいくか？

いや、今の会社で有給を一気に消化するなんて無理だろう。

「はぁ……エルフに会いたいなぁ」

そう呟いた瞬間、世界が変わった。

比喩とかそういうものではなく、正真正銘、世界が変わった。

「おお……召喚は成功したようじゃな」

「えっと……」

どこからどう見ても、ここは俺の部屋ではない。

石造りの部屋の中……複数の人間が俺を取り囲んでざわざわしている。

身に着けている衣服も日本のものとは思えない。どこか中世風な……。

そんなことを考えたところで、俺はある一つのことに気がついた。

「な、な、ななな……！」

「突然の事態に、さぞかし気が動転していることじゃろう。だが、どうか、心を落ち着けて話を聞いてほしい」

「そ、その耳はエルフ耳⁉」

「はい？」

「うおぉ！　これは夢か⁉　よく見れば、全員エルフ耳じゃないか‼」

ピンと尖った、長い耳。明らかに通常の人間と違うそれは、どこからどう見てもエルフ耳だった。

しかもここにいる人たち、全員だ！

「俺、そんなに酒飲んだっけ？　いや、夢でもなんでもいい。いま、俺の目の前にエルフがいるんだ。ひゃっほーい！」

「ええっ⁉」

「おお、お姉さん、綺麗ですね。俺と結婚してください」

「あ、あの……」

長老っぽいエルフのお爺さんの、隣にいたお姉さんの手を取る。

透けるような白い肌に、きらきらと輝く美しい金色の長い髪。

そしてピンと尖った長い耳……まさに理想のエルフが俺の目の前にいる‼

「これこれ、少し落ち着きなされ。話には順序というものがあるじゃろう」

「はっ……すみません、つい取り乱して……」

「まあ、異世界にいきなり召喚されたんじゃ、混乱する気持ちはよくわかる……が、お主は何か少し違うような気もするな……」

そう言って長老っぽいお爺さんが俺のことを見る。

それにしても夢とは思えないほど、リアルな感覚だ。

「こほん。とりあえず、お主の状況について説明させてもらおう」

「はい」

美女エルフのことは気になるが、とりあえず俺は話を聞くことにした。

人の話を利くのは大事だからな。

相手が憧れのエルフとなればなおさらだ。

「まず始めに、わしはこの村の長老でメイガスというものじゃ。お主の名は？」

「あ、俺は田辺康弘って言います」

長老っぽいと思っていたら、本当に長老だった。

まあ、すごく貫禄があるもんな。これで長老じゃなかったら嘘だよ。

「うむ。では、田辺。話を続けさせてもらうぞ」

「お願いします」

「まず始めに、ここはお主が住んでいた世界とは別の世界なのじゃ」

「ほほう、すると異世界ってやつですか？」

「まあ、簡単に言うとそういうことになるのう。我ら一族の秘術を用いて、お主を召喚したのじゃ」

「召喚！」

ファンタジーではお約束の単語が飛び出してきた。

もしかしてこれって、夢じゃなくて現実なのか？

「我々エルフは、深い森の奥で、他の者と関わることなく暮らしておる……だが、それには血が濃くなりすぎるという欠点があるのじゃ」

「エルフ！　いま、エルフって言いました⁉」

「うむ、言ったが、それがどうした？」

「やべー、やっぱエルフなんだ。テンション上がってきた！」

ここまでの話の流れから察するに、俺はエルフに召喚されて異世界にやってきたことになる。

「話を続けても良いかの？」

「あ、はい、どうぞ」

「それでな……血が濃くなりすぎることを防ぐため、定期的に外の世界から人を招き入れているのじゃ」

「ほうほう」

「我らは、その者たちのことを『稀人』と呼んでいる」

「マレビト……ですか、なんか格好良い」

それにしてもまさか俺が異世界に召喚される日がやってくるなんて、人生何が起きるかわからないな。

「でも、なんで俺が召喚されたんですか？」

「それは……我ら一族に相応しい者を、魔方陣が選んだのじゃ」

「すると、俺ってエルフ族にとっても、相応しい人間だったのか！」

いやむしろ俺が相応しくないのなら、誰が相応しいんだっていう話になる。

これほどエルフを愛している人間は、他にはいないだろう。

「うむ。もともと、この魔方陣は我らより上位種のハイエルフが作ったもの……その本来の目的はよくわかっておらんのだがの」

「ふむふむ……って、ちょっと待ってください！」

「どうした？」

「さっき、血が濃くなりすぎるのを防ぐために、外の世界の人間を招き入れているって言ってましたよね？」

「ああ、言った」

「それって、もしかして、もしかしなくてもなんですが……俺に子作りしろってこととか？」

「察しがいいのう。まさにその通りじゃ」

「!!」

「そこまでわかっているなんら、話は早い。どう――」

「やります！」

「まだ最後まで言ってないんじゃが……」

「やるったらやります。喜んでやらせて頂きます!!」

「そ、そうか、わかった。わかったから、そんなに顔を近づけないでくれ」

俺の愛するエルフと子作りができるのだ。

それを断る理由なんて、どこにもありはしない。

「で、俺はどうすれば⁉」

「そうじゃな、まずは村を見て回って、お主の気に入る相手を探してくれ。皆にはすでに稀人のことは話してある。好きなようにしてくれて構わんぞ」

「なるほど、わかりました」

そんなわけで、俺は早速子作りの相手を探すために村の中を見て回ることにした。


「へー、当たり前だけど、日本とはだいぶ違うな……」

俺はエルフの集落を見てまわりながら、感心したように言う。

自然と共存しているというか……大きな樹をくりぬいて、その中に家を作ったり、太い枝の上に建てていたり……。

やっぱりエルフ、自然の恵みとか、そういうものを大事にしているんだな。

それにとってても豊かな感じがして、村人たちもみんな笑顔で、平和な雰囲気が漂っていた。

自動車とか近代的な設備とかはないけど、これはこれで一つの発達した文明だな。

「っと、あそこが中心街かな？」

他の場所よりもひときわ人が多く、賑わっているところに足を踏み入れる。

そこにある店を覗きながら、俺はあることに気がついた。

「何だか、日本にあるものに似ているな……」

置いてある商品や、建物など、どこか見覚えがあるものがちらほらとあるのだ。

そういえば長老が、定期的に外の世界から召喚しているって言っていたな。

もしかすると俺以外にも、日本人がこの村に来たことがあるのかもしれない。

なんという羨ましい話だ！

しかし今は俺もこの村にいるのだ。何も悔しがる必要はない。

「それにしても、嫁さん、嫁さんか……」

子作りをする相手となれば、それは当然、嫁と考えるのが自然だろう。

エルフなら誰でも構わないと思ったが、いざ探してみると難しいな。

まず相手がいる子はダメだし、嫌がる相手と無理やりというのも趣味じゃない。

俺のことを心の底から受け入れてくれるエルフとなると……そんな子、いるんだろうか？

自慢じゃないが、俺は知力体力容姿ともに、並のサラリーマンなのだ！

「……本当に自慢じゃないな」

これ以上考えると悲しくなるので、やめておこう。

今はとにかく、嫁候補を探さなくては……。

「おっと、こっちはいかないほうがいいんだっけ」

もうすこし　別の場所に足を伸ばそうとしたところで、俺は長老に言われたことを思い出した。

ここから離れた先にも集落があるらしいのだが、そこにはあまり行かないほうが良いと言われたのだ。

この世界の住人の忠告は、守っておくに越したことはないよな。

そんなことを考えながらも、俺はしばらく嫁候補を探して集落の中を見て回るのだった。


「どうじゃ？　気に入った相手は見つかったかの？」

「うーん、それなんですけどちょっとご相談が」

「なんじゃ？　できる限りのことはしよう。何でも言ってみなさい」

集落を見て回った俺は、一旦長老のところへと戻ってきた。

そこで気に入った相手がいないか聞かれて……その隣にいる人を指差した。

そう……俺がこの世界が最初にプロポーズしたあのエルフだ。

「もしよければ、その人がいいな、なんて……」

「ほう、メルヴィか」

「はい！　彼女はまさしく俺にとって理想のエルフなんです‼」

俺は拳をぐっと握り締めながら、熱く語る。

きらきらと輝くブロンドの髪、透き通るような白い肌、すらっとしたスレンダーな身体。

そして文句のつけようの無いピンと尖った長い耳。

そのどれを取っても、完璧なまでに俺が思い描いた理想のエルフだった。

「だから、お願いします。俺の嫁になってください‼」

「こう言っておるが、どうする？　メルヴィ」

「……はい、私でよければ喜んで」

「えっ⁉　いいんですか？」

「ええ、私のことを選んで頂けて光栄です」

そう言ってメルヴィが優しく微笑む。

オッケーってことは、俺の嫁さんになってくれるってことだよな⁉

「うむ、では決まりじゃな。メルヴィ。後のことは任せたぞ」

「はい、お任せください、長老」

長老の言葉にメルヴィがこくりと頷く。

こうして彼女は俺の嫁になることになった。

……て、本当に、こんなあっさりで良いのか？


「どうぞ、入ってください」

「お、お邪魔します……」

「そんなに遠慮しないでください。ここはもう貴方の家でもあるんですから」

メルヴィに連れられてやってきたのは、彼女の家だった。

今日から俺はここで彼女と一緒に過ごすことになったのだ。

なんのため？　それはもちろん子作りをするためだ。そんなことを考えていると。

「では、さっそく始めましょうか」

メルディが唐突に言い出した。その表情はたしかに美しい。

「は、始めるって？」

「子作りに決まっているでしょう？　奉仕させていただきますので、どうぞこちらに」

「あ、ちょっと」

手を引かれたかと思うと、そのまま寝室に連れて行かれる。

こんなとんとん拍子に話が進んでいいのだろうか？

やっぱりこれは夢だったりするんじゃ……。

「さあ、田辺様。そこのベッドに腰掛けてください」

「あ、その前に、ちょっといいかな？」

「何でしょう？」

「せっかく夫婦になるんだし、そんな他人行儀な話し方はやめようよ。俺のことは、康弘って呼び捨てでいいからさ」

「ですが……」

「頼むよ。俺もメルヴィって呼ばせてもらうし」

「……わかりました。田辺……康弘がそう望むのなら」

そう言ってメルヴィがにこっと微笑むと、俺の要求を聞き入れてくれる。

ああ、こうして改めてみると、ものすごい美人だな……。人間では到底出せない美しさだった。

「じゃあ、ベッドに腰掛けてくれる？」

「あ、うん」

メルヴィに促されるままに、俺はベッドに腰掛けた。

そんな俺の前に、メルヴィが跪くような格好になる。丁度彼女の顔の前に、俺の股間が来ていた。

「それじゃ、失礼するわね……」

「お、おい、メルヴィ？」

メルヴィが俺の股間に手を伸ばしたかと思うと、器用にペニスを取り出した。

「妻として……貴方にご奉仕させてもらうわ」

「ご奉仕って、あうっ……」

すべすべとした柔らかな手が、俺のペニスをさすってくる。

その感触に俺のモノがたちまち反応して大きくなってしまう。

「ふふ、硬くなってきた……」

「最近溜まってたからっ……て、なんでご奉仕なんか？」

「妻として当然のことでしょう？　貴方には、気持ちよく子作りしてもらわなくちゃいけないから」

そう言いながらペニスを握り締めて上下に動かす。

滑らかな手のひらでしごかれる感触がたまらない。

「だから貴方は黙って、私に任せてくれればいいの……」

エルフなだけで最高だというのに、進んでエロいことまでしてくれるなんて！

最早文句のつけようがないじゃないか‼

「わかった。そこまで言うならお願いします」

「ええ……。前に召喚した男性がとても喜んでいたから、貴方もきっと気に入ると思う

「……んっ……」

「うくっ……」

ぬるりと温かな感触が俺のペニスに触れる。

見ればメルヴィが口を開いて、俺のモノに向かってよだれを垂らしていた。

それを擦り付けるように手を動かすと、にちゅにちゅといやらしい音を立てる。

「ま、前の人って？」

「そのままの意味よ。次の召喚でもに生かせるように、そのときの経験はみんなで共有しているの」

「な、なるほど……」

するとこれはエルフたちで、代々受け継いできたエロテクニックというわけか。

そう考えるとより興奮するな。

「んっ、康弘のがさっきより大きくなってる……」

「メルヴィにされるの、あんまり気持ちよくてさ。こんなの初めてだよ」

「ふふ、まだまだこれで終わりじゃないわよ……れるっ……ちゅっ……んちゅっ……」

「うあぁっ……!?」

メルヴィがまるでアイスを舐めるかのように、俺のモノを舐める。

ぬるりとしていてざらついた舌の感触で、背筋に電気が流れたかのような刺激が襲った。

「あぷっ、んっ……おちんちん、びくっとした……ちゅぴちゅぴ……ちゅるるっ……ちゅちゅっ……」

「くっ、それ、すごいよ……」

「ちゅぷぷ……先っぽからエッチなお汁出てきた……はふっ、ん、んちゅ……れるるっ……ぴちゅぴちゅ……」

俺のカウパー汁を、メルヴィが舌先で舐め取っていく。

ペニスはすっかりと彼女の唾液でぐちょぐちょになっていた。

「はふっ、康弘のおちんちん、とっても立派……んちゅっ……ちゅくちゅく……ちゅぴちゅぴ……」

「そ、そうかな？」

「ええ、これならしっかり子作りできそう……ペロペロ……ちゅっ……ちゅぱちゅぱ……ちゅっ……んちゅっ……」

「うあっ、そ、そこ……」

カリ首のところにねろりと舌がまとわりついてきて、思わず腰がびくっと浮いてしまう。

「ふふ、ここがいいんだ？　ちゅくちゅく。ちゅちゅ……ぴちゅぴちゅ……ちゅっ……ちゅぷぷ……ちゅっ……ちゅぱちゅぱ……」

熱くぬめる舌が容赦なく俺のモノを責めてくる。

生まれて初めて味わう感覚に、俺はされるがままだ。

まさかこんなに気持ちいいことがこの世にあったなんて……！

「ここはどう？　れるっ……れるるっ……ちゅっ……ちゅくちゅく……んちゅっ……ちゅぷちゅぷ……」

「あっ、そ、そこもいいよ……」

裏スジを舐められると、言いようのない快感が襲ってきた。

俺のモノはメルヴィに責められ、痛いほどに固く大きくなっていく。

「んっ、ちゅっ……ちゅるるっ……れるっ……んちゅっ……康弘のおちんちん、おいしい……ちゅくちゅく……」

ピクピクと尖った耳を動かしながら、メルヴィが俺のモノを舐め続ける。

エルフ耳の先っぽまで赤くなっているところを見ると、彼女も興奮しているようだった。

「はぷっ、ちゅぱちゅぱ……んっ……とってもエッチな匂いで頭くらくらしちゃう……れるるっ……ぴちゅぴちゅ……」

「はぁはぁ……いいよ、メルヴィ、最高だ……」

「んっ、まだこれで終わりじゃないから……はむっ……」

「えっ、うあぁっ……！」

メルヴィが大きく口を開けたかと思うと、俺のペニスを飲み込んでいった。

熱くぬめる口内の感触に、俺は情けない声を出してしまう。

「あぷっ、ん、んちゅっ……ちゅぱちゅぱ……ちゅぅぅうっ……‼」

「う、うあ、なんだ、これ……！」

さっきとは比べ物にならないほど気持ちいい。

ペニスを強く吸われると、ぞくぞくとした刺激が全身を走り抜けていく。

メルヴィは俺の反応を見ながら、頭を上下に動かし始める。

そうすると必然、ぬるついた口内で俺のモノがしごかれることになった。

「ちゅっちゅっ……ちゅくちゅく……ちゅぷぷっ……ちゅっ……じゅぷぷ……ちゅっ……ちゅぱちゅぱ……」

「あっ、くうぅっ……！」

腰が勝手に動いてしまうのがわかる。

カリ首が狭い口内でこすられるごとに、凄まじい快感が襲ってきた。

全身が熱くなり、玉のような汗が浮かんでくる。

「んちゅうっ、ちゅぱちゅぱ……ちゅぷぷ……くちゅくちゅ……れるっ……れりゅりゅっ……ちゅっ……ちゅぷぷ……」

「あ、ああ、すごいよ、メルヴィ、ここまでしてくれるなんて……」

今日出会ったばかりのエルフが俺の嫁になってフェラをしてくれている。

まるで夢のようなシチュエーション。だけど、この快感は確かに現実だ。

「ちゅちゅっ……ちゅぷぷ……ちゅっ……くちゅくちゅ……ちゅぱちゅぱ……んちゅっ……れるっ……ちゅぅぅっ」

「ぐっ……」

より深く、メルヴィが俺のモノを咥え込む。

そのまま強く吸われて、腰がびくびくっと跳ねてしまう。

「んちゅっ、康弘、気持ちいいみたいね？　れるっ……ちゅるるっ……ぴちゅぴちゅ……じゅぷぷ……」

「あ、ああ、たまらないよ」

「良かった。もっと気持ちよくなって。ちゅっ、ちゅぅぅっ……ちゅぽちゅぽ……ちゅっ、んちゅっ……ちゅぱちゅぱ……！」

「うあぁっ、くぅっ……」

激しい責めを前に、彼女の口内で俺のモノが暴れるのがわかる。

更なる快楽を求めて、俺は腰を前後させていた。

「んむっ……ちゅちゅっ……ちゅぱちゅぱ……ちゅるるっ……じゅぷぷ……ちゅぽちゅぽ……はぷっ……んちゅうっ」

メルヴィの口の中は熱くぬめり、ペニスが溶かされてしまいそうだ。

口に収まりきらなかったよだれが、ぽたぽたと零れ落ちていく様《さま》もいやらしい。

「じゅぽじゅぽ、んちゅっ、ちゅっ……くちゅくちゅ、んちゅっ……ちゅるる……れるっ、れるるっ……ぴちゅぴちゅ……」

夢中になったように、メルヴィが俺のモノにしゃぶりつく。

ペニスの先端が喉の奥を突くと、ぎゅっと締めつけ、更に快感を与えてきた。

「んぐっ、ん、んむっ……ちゅっ……くちゅくちゅ……はぷっ……じゅるる……じゅぷぷ……ちゅぱちゅぱ……」

ひたすら頭を上下に動かしながら、俺のモノをしごいてくる。

時折強く吸っては凄まじい快感を与えてきた。

「はふっ、どう？　康弘。これ、気に入った？」

「ああ、すごく気に入ったよ……メルヴィみたいな綺麗なエルフにしてもらっていると思うと、余計興奮する」

「もう、お世辞を言ったって何も出ないわよ？　んっ、ちゅっ……れるるっ……」

「お世辞なんかじゃない、本当のことだ。俺はエルフが大好きなんだ」

「そ、そうなの？　んちゅっ。ちゅぱちゅぱ……ちゅっ……ちゅぽちゅぽ……んちゅっ……ちゅぷぷ……」

「だから、いま最高に幸せだよ……くぅっ……」

自分の中でどんどん興奮が高まっていくのがわかる。

メルヴィも同じなのか、息遣いが荒くなっていた。

そしてエルフ耳もより赤さを増している。

「ちゅっ、んちゅっ……そんな風に言ってもらえると、ちょっと嬉しいかも……はぷっ……ちゅぱちゅぱ……んちゅうっ……れるるっ……！」

「うあぁっ、さっきよりも激しく……！」

「康弘の言葉、嬉しかったから、サービス……じゅぽじゅぽ……はぷっ……んちゅうっ、くちゅくちゅ……ちゅちゅっ……！」

「そ、それ、すごすぎ……！」

まるでペニスをねじるように口を動かしてくる。

今までとは違う刺激に俺のモノがビクンビクンと跳ねた。

「んちゅっ……ちゅくちゅく……ちゅっ……んんっ……ちゅうぅっ……れるっ……れるるっ……んっ、んちゅっ……」

絶え間なく与えられる快感を前に俺の頭はくらくらとしてきていた。

こんな刺激を味わうのは生まれて初めてのことだから、当然といえば当然かもしれない。

「ちゅるる。んちゅっ……ぴちゅぴちゅ……れるっ……れりゅうっ。康弘のおちんちん、とっても元気……あふっ……ちゅうぅっ……」

口の中でペニスをしごきながら、時に強く吸い、時には一度口から出して舌先で先端の穴を弄くってくる。

緩急のある責めを受けて、俺のペニスが喜びに震えていた。

ドクンドクンと脈打ってはいまにもはちきれそうだ。

「あむっ、ちゅぱちゅぱ……じゅるる……んちゅうっ……れるるっ……ちゅちゅっ……ちゅぱちゅぱ……ちゅっ……ちゅぷぷっ……んちゅっ……」

「あぐっ……」

舌先でまるで先端の穴をほじくるようにしてくる。

痛いような痒いような感覚が逆に心地いい。

「はぁはぁ、エッチなお汁いっぱい出てくる……んくっ、おいしい……んくっ、んくっ……ちゅうぅっ……んちゅっ……」

「メルヴィ、もっと強く吸って」

「こう？　ちゅうぅうっ……ちゅっ……んちゅっ……ちゅうぅうっ！」

「うくっ、い、いいよ、最高だ……それにしても、すごく上手だね？」

「そりゃ、もしも選ばれたときのために、失礼のないよう練習してたから……」

「そうなんだ。練習って、どうやって？」

「えっと、道具を使ったり、イメージトレーニングしたり……って、そんなこと聞いてどうするの？」

「いや、単に気になっただけだから……」

「そうなの？　でも、私、ちゃんとできているみたいで良かった。人間相手にするのは初めてだったから……れるっ……ちゅぱちゅぱ……」

俺のモノをいやらしく舐めながら、メルヴィが言う。

エルフというのは真面目で勤勉だというイメージだが、間違っていなかったようだ。

いつか〝俺に〟選ばれたときのために頑張ってくれていたとも考えられるわけで……ものすごく嬉しいじゃないか！

「ありがとう、メルヴィ、愛してるよ！」

「な、何よ、いきなり……んちゅっ……ちゅちゅっ……れるるっ……」

「これからふたりでいっぱい子作りしようなっ！」

「そ、そんなこと大きな声で言わないで。恥ずかしいじゃない……まあ、私はそうしてもらえたほうが助かるんだけど……」

フェラなんてすごいことをしているのに、俺の言葉で照れているようだ。

そういうところも可愛いと感じてしまう。

「んちゅっ……ちゅちゅっ……れるっ……ちゅぱちゅぱ……ちゅくちゅく……ちゅるるっ……ちゅっ……ぴちゅぴちゅ……！」

「あくっ……さっきより激しい……」

「ねえ？　これよりもっとエッチなお汁出して？　私、貴方の熱くて濃い精液が欲しいの。ちゅぱちゅぱ……れるっ……ちゅうぅうぅっ！」

「ぐっ……‼」

　メルヴィがおねだりをするように、俺のモノに強く吸い付いてくる。

　休みなく責め続けられて俺の限界はもうすぐそこまで迫っていた。

「ああ、いいよ。メルヴィの口の中にたっぷりあげるよ」

「嬉しい……んちゅっ……ちゅくちゅく……ちゅぱちゅぱ……んちゅっ……ちゅるる……ちゅっ……ぴちゅぴちゅ……んちゅっ……」

　俺の言葉に反応して、メルヴィの責めがさらに激しさを増した。

　精液を求めるその貪欲な動きに、ぞわぞわと熱い衝動が腰の部分に集まっていく。

「んむっ、ちゅぷちゅぷ……おちんちん膨らんできた……精液出るの？　れるっ……ちゅぱちゅぱ……ちゅっ……くちゅくちゅ……ぴちゅぴちゅ……」

「あ、ああ、もう出るよ」

「れるるっ……んちゅっ。ちょうだい……熱くて濃い精液いっぱい……私のお口にドピュドピュってしてぇ！　ちゅうぅうぅうっ‼」

「……っ‼」

今まで以上に強く、メルヴィがペニス全体を吸った。

その刺激を前に、一気に快感が爆発する。

ドビュルルルルッ!!

「んぷっ、ん、んくっ、ん、んぅぅっ、ん、んんーっ」

次の瞬間、俺は思いきりメルヴィの口の中に射精していた。

ペニスが大きく暴れながら、精液を吐き出していく。

メルヴィがしっかりと俺のモノを咥えたまま、それを全て受け止めていた。

そして射精が終わると、喉を小さく鳴らしながら口の中のものを飲み込んでいった。

「んくっ、んくっ、んんっ……ぷぁっ……これが、精液……濃くって、粘ついてて……喉に引っかかる……」

「ごめん、大丈夫か？」

「ええ、平気……これ、嫌いな味じゃないから……」

そう言って、メルヴィは口の端についていた精液までを指ですくうと、ぺろりと舐め取る。その姿はとても綺麗で、とてもいやらしかった。

＊　＊　＊

「良いか？　メルヴィ。妻に選ばれたからには、お前が田辺にどんな〝加護〟が与えられたのかを確かめるのじゃ」

「はい、わかっています、長老……」

「これはすべて我ら一族のため。くれぐれも失敗するでないぞ」

重々しい口調で長老が言う。

『導き手』として、自分に与えられた役割は良く承知しているつもり……。

だけど私たち一族のためとはいえ、別の世界に住んでいた人間を呼び寄せ、こちらで生活させるなんて許されることなんだろうか？

そう、結局、これは私たちの都合に過ぎないのだ……。

だからこそ私にできる精一杯のことを、あの人にしてあげよう。

少しでも楽しく、穏やかに過ごせるように……。

例え相手がどんな人であろうと、どんな酷い仕打ちだろうと甘んじて受ける……。

それが私にできる唯一の贖罪なのだから。

「いやー、本当にメルヴィは美人だよな！」

「そ、そう？」

「ああ、こんな嫁さんがもらえるなんて俺は世界一の幸せ者だよっ！」

康弘に子作りの相手……嫁に選ばれた翌日。

彼はずっと上機嫌で、私のことを褒めちぎっていた。

こんな事態は想定していなかったので、なんだかそわそわしてしまう。

「あの……康弘は怒っていないの？」

「怒る？　怒るって、どうして？」

「だって、いきなり別の世界に連れてこられて……その……子作りをしろだなんて言われて……」

「ああ、そのことか。怒るなんてとんでもない！　逆に俺は感謝しているぐらいだよ」

召喚された人間に非難され、責められることは覚悟していた。むしろ、それが当然だと思っていたのに。

「か、感謝？」

「だって、こんな美人のエルフ嫁がもらえたんだぞ。まるで夢みたいだ！　それともまさか夢!?」

「あ、ちょ、ちょっと、康弘」

康弘が私の耳をさわさわと触ってくる。

嫌ではないけれど、敏感な部分なのでちょっとくすぐったい。

「この感触……ぬくもり、これは夢じゃない。神様、ありがとう!」

心の底から感謝したように、康弘が言う。

それが本心だということは、真実の見破る魔法を使うまでもなくわかった。

「………」

「どうした? 俺の顔をじっと見て、何かついてるか?」

「いいえ、貴方って変な人だなぁって思って」

「え、そうかな」

自覚がなかったのか、ほんとうにびっくりした顔をしている。

私はなんだかおかしくなってしまった。

「ふふ、絶対そうよ」

「あ、笑った」

「えっ?」

「メルヴィ、ずっと難しい顔をしてたからさ。笑ったほうがいいよ。そのほうがずっと可愛い」

「な、なに言っているのよ」

思いもかけない康弘の言葉に、私は顔が赤くなるのがわかる。

心臓もドキドキとうるさく騒いでいた。

「それより、康弘と私は夫婦になるでしょう？　そのための新しい住まいを長老が用意してくれたの？」

「マジ？　すごい太っ腹だなぁ」

「貴方は一族にとって大事な人間だから。気持ちよく子作りをしてもらうためにはこれぐらいのこと当然よ」

「つまり、そこで俺はメルヴィは……」

「ま、まあ、そういうことになるわね」

康弘の言葉に、私の心臓がさらにドキドキしてしまう。

なんだって私、こんなに意識してしまっているのかしら？

これは一族のために必要なこと……ただ、それだけのはずなのに……。

＊＊＊

「うおっ、本当にこの家もらっていいの？」

「ええ、もちろん」

メルヴィに案内され、俺は豪華な家の前に立っていた。

いや、ちょっとした屋敷といっても差し支えないレベルだ。

「俺、この世界の住人じゃないのにいいのかな？」

「康弘にはしっかりと子作りしてもらわなくちゃいけないもの。そのための環境は大事でしょう？」

「なるほど……でも本当にいいのかな」

美人のエルフ嫁をもらえただけでも最高にハッピーなのに、こんなことまでしてもらっては罰が当たりそうだ。

「いいから、気にしないで。ほら、中に入ってみましょう」

「あ、うん」

メルヴィに促されるまま、家の中に入る。

「おお、広い」

当たり前だが、俺が住んでいたアパートとは比べ物にならない広さだ。

すでに家具なども用意してくれていたらしく、見た限り必要なものは揃っていた。

「何か足りないものがあったら遠慮せず言ってね。すぐに用意するから」

「いやいや、これで十分だよ」

というか、電化製品っぽいものまでいくつかあった。こんな物があったのか。

やはりこれも異世界の影響を受けているのだろうか？

「なあ、メルヴィ。この世界って電気ってあるのか？」

「電気？　ああ、雷の精霊のこと？」

「うーん、ちょっと違うような……この冷蔵庫？　とかを動かす力のことなんだけど」

「ああ、それだったら間違っていないわよ。これは精霊の力で動いているから」

「そうなの？」

「ええ、前に召喚した稀人の意見を参考に作ったらしいわ」

「へ～」

精霊の力を……というか、すごいな、その人。

「でもエルフがこういうの使ってもいいの？　自然に反するんじゃ」

「どうして？　精霊の力を使っているのだから、別に自然に反しているわけじゃないわ」

「なるほど……」

言われて見ればそうかもしれない。

これもまた精霊と共生しているのだといえば、そうとも思える。

「それにしても、康弘もレイゾウコのこと知っているのね」

「ああ、俺の住んでいた世界にもあったから」

「ねえ、康弘の住んでいたところはどんなところだったの？」

「ん～、まあ平和なところではあったかな。でも……あまり楽しくはなかったかも」

「そうなの？」

「うん、変わり映えのしない毎日だったよ。俺、いつも想像してたんだ。異世界に召喚されて、エルフの嫁さんがもらえないかなって」

「えっ……」

「だから、今はこっちの生活のほうが幸せだな」

俺は心の底から、そう言う。

もうあんな社畜の生活に戻るのは真っ平ごめんだった。

この世界でメルヴィと一緒にスローライフを楽しむのだ!!

「やっぱり変ね、康弘は」

「うーん、そんなことはないと思うんだが……誰だってメルヴィみたいな美人の嫁さんがもらえたら幸せだろ？」

「な、なに言ってるのよ、もう」

「本当のことだから、別に照れなくても」

「て、照れてない。それより、お腹は空いてない？　食事の用意してくるわね」

「あ、メルヴィ」

顔を真っ赤にして早口でまくしたてると、メルヴィは厨房に入っていってしまった。

いつも落ち着いていて大人っぽい雰囲気がしていたけど、結構可愛いところもあるじゃないか。

「ごちそうさまでした。とってもおいしかったよ」

「そう？　良かった」

俺の言葉に、メルヴィが微笑みを浮かべる。

彼女の用意してくれた夕飯は実際に、かなりおいしかった。

「こんなおいしいご飯が食べられるなんて、俺は幸せ者だな～」

「もう、大げさね。お風呂の準備ができてるから入ってきて」

「あ、片付け手伝うよ」

「気にしないで、これは私の仕事だから。それより、お風呂」

そう言ってお風呂場まで送り出されてしまう。

俺はお言葉に甘えて、先に入らせてもらうことにした。


「ふい～、良い湯だった……」

「あ、出た？　じゃあ、私も入ってくるわね。先に……寝室で待っていて」

「わかった」

俺はメルヴィの言葉に頷くと寝室に向かう。

何というか、本当に至れり尽くせりという感じだ。

「おっ、寝室も広いなぁ」

新居の寝室に用意されていたのは、ふたりで寝るには十分に大きすぎるベッドだった。

それを見て、俺はハッと気づく。

「もしかして……今日って、初夜？」

夫婦になって初めての夜……ということだし、必然そういうことになるだろう。

改めて考えだしたら、途端にドキドキしてきてしまった。

ど、どうしよう、俺、まったくそういう経験はないんだが!!

でもいざ始まったら、身体が勝手に動くというし……。

俺は落ち着かず、部屋の中をうろうろと歩き回る。

「康弘？　何をしているの？」

「わっ！　メルヴィ、もうお風呂から出たんだ」

「ええ……どうしたの？　びっくりしたりして」

「な、なんでもないよ、ははは」

「そう？」

笑ってごまかすと、メルヴィが不思議そうに首を傾げている。

まあ、明らかに挙動不審だもんな……。

「え、ええっと、じゃあ、寝ようか?」

「そうね……」

ドキドキしつつ一緒にベッドに入る。

すぐ近くに、メルヴィが……! なんだかすごく良いにおいがするし!!

だ、だめだ……こんな近くに美しいエルフがいて、しかもそれが俺の嫁さんで……我慢できるはずがない!

「メルヴィ!!」

「きゃっ、康弘?」

「子作りしても……いいよな……?」

じっとメルヴィの瞳を見つめる。

するとしばらくの間を開けて、彼女はこくりと頷いてくれた。


「あっ、んんっ……」

「ああ……やっぱりエルフ耳、最高だ……」

この前はメルヴィにしてもらったので、今度は俺の番だった。

ベッドに腰掛けた俺は、彼女の身体を後ろから抱きかかえるようにしている。

そして長く尖った耳を、親指と人差し指で摘んで、さすさすとさすっていた。

「もう、康弘ったらさっきから耳ばっかり……」

「ごめん。でも、最高なんだ、このエルフ耳」

「そんなにいいの？　私にとっては普通の耳だけど……」

「こうしているだけで、すごく興奮して俺のモノも硬くなっちゃうよ、ほら」

「あっ……」

ぐいっと後ろから、大きくなったモノをメルヴィのお尻に押し付けるようにする。

柔らかく張りのある弾力が心地良い。

「耳を触っているだけでそんなになるなんて、変態……」

「この耳に触っていられるなら、何を言われても平気だよ」

むしろご褒美と言ってもいいぐらいだ。

とはいえ、いつまでも耳を弄っているわけにはいくまい。

俺だって、他に気になるところはあるのだ。

「胸、触るよ？」

「あっ、んんっ……」

俺はメルヴィの耳元で囁くと、その大きな胸に手を伸ばした。

手のひらで触れると、むにゅりと柔らかな感触が伝わってくる。

「すごく柔らかい……それに大きくて俺の手のひらに納まりきらないよ」

「あんっ、康弘……んっ、くすぐったい……」

これが、女の子のおっぱい！

俺はその感触を楽しむように、胸を揉む手を少しずつ大胆に動かしていく。

「んっ、んぅっ……あんっ、あ、あふっ……んんっ……あっ……」

「メルヴィ、可愛い声が出てるよ？　気持ちいい？」

「よ、よくわからない。だけど、だんだん変な感じに……んっ、んくっ……」

俺の手の動きにあわせて、メルヴィが色っぽい声を上げる。

その声がチンポに響いてより興奮してしまう。

もっともっと彼女に感じて欲しくて、人差し指で敏感な突起を探す。

「あっ……！　そ、そこは……」

やがて胸の中心に、こりこりと固くなったものを見つけた。

そのまま引っかくように指をかりかりと動かす。

「ふあぁぁっ！　康弘、ダメっ……あんっ、そこ弄っちゃ……ん、んあぁっ……」

乳首を弄られて、メルヴィが今までにないほど強い反応を見せる。

俺は嬉しくなってさらに服の上から、さらに彼女の乳首を責め立てていく。

「ここがいいんだろう?」

「やっ、あんっ、強い……んうぅっ……こりこりしないで……ひぁっ、ん、んうっ……あふっ……」

指で弄るたびに、乳首がどんどん固さを増していくのがわかる。

強めに指の腹で転がすようにすると、メルヴィの身体がびくびくっと震えた。

「メルヴィの乳首、すっかり大きくなってるよ」

「やっ、知らない……あんっ、あ、あぁっ……ん、んんっ……んあぁっ、あ、あふっ……あ、ああっ……」

可愛らしい彼女の反応に、俺はたまらずに上着をまくりあげる。

すると大きな胸がぷるんと揺れながらまろびでた。

「あ、や、やだ……」

「これがメルヴィのおっぱい……」

俺は思わずごくりと唾を飲み込む。

きめ細やかで、白く透明な肌。

大きな二つの膨らみの先では、ピンク色の乳首が自己主張していた。

「あ、あまりじっと見ないで……恥ずかしい……」

「どうして?　すごく綺麗だよ」

そう言って俺はメルヴィの胸に直接触れる。

「ふぁっ、ん、んぅっ……康弘の手が触れて……あぁっ、あんっ……身体、ぞくぞくってしちゃう……ふあぁっ……」

甘い声を上げながら、メルヴィが身体を震わせる。

俺のペニスはさらに興奮してギチギチに硬くなっていた。

「んんっ、大きいのさっきからずっとお尻にあたってるぅ……んんっ、んぅっ……んくっ……」

ぐりぐりと股間を押し付けるようにしながら、彼女の胸を揉んでいく。

むっちりと柔らかな胸は弾力も素晴らしく、俺の指を押し返してきた。

俺は円を描くようにして、手のひらを動かす。

もちろん乳首に刺激を与えることも忘れない。

「あふっ、あ、あうっ……んあっ……あんっ、あ、あぁっ……あふっ……んあぁっ……」

「どう？　メルヴィ」

「えっ、ん、んぅっ、ど、どうって？」

「俺にこうされるの、気持ちいい？」

「そ、そんなこと……ふぁっ、あ、あうっ……恥ずかしくて、言えない……あんっ、あ、あふっ……」

「ちゃんと答えてくれよ。俺、メルヴィに気持ちよくなってほしいんだ」

「んっん、んぅっ、ん、んあっ、あんっ、あ、ぁふっ……だめっ、そんな強く乳首引っ張らないで……ひゃうっ……」

「ほら、どうなんだ？　メルヴィ」

俺はぎゅうっと乳首を引っ張りながら聞く。

するとメルヴィはぞくぞくっと身体を震わせながら口を開いた。

「あんっ、あ、あふっ……き、気持ちいい……康弘にそんなふうに触られるの気持ちいいのっ……んあぁっ！」

「本当に？」

「ほ、本当……ん、んんっ、んあぁっ、あ、あんっ……ふあぁっ……」

メルヴィの言葉に、俺の胸の中に興奮と嬉しさが広がっていくのを感じる。

限界まで固くなったペニスが、もう限界だと訴えていた。

「あのさ、メルヴィ……そろそろ、いいかな？」

「え、いいって……」

「俺のこれが君の中に入りたいって言ってるんだ」

「あっ……」

勃起したペニスを押し付けようとすると、メルヴィが小さく声を上げた。

そして少し考えるようにしてから、こくりと小さく頷く。

「ええ、いいわ……康弘の好きにして……」

「じゃあ、そこに横になって……」

「………」

俺に言われるまま、メルヴィがベッドに横になる。

緊張した様子で俺のことを見上げてきた。

そんな彼女の頬を優しく撫でてあげる。

「んっ……」

「大丈夫、俺に任せて……」

そうは言うものの、俺も初めてで不安だったりする。

だけどここまできたら、最後までやるしかない！

俺がメルヴィの服を脱がせると、彼女は下着一枚になった。

ゆっくりと、残ったパンツを脱がせていく。

「あっ……」

やがて、彼女のいちばん恥ずかしい部分が露《あらわ》になった。

固く閉じた割れ目が、羞恥で微かに震えている。

「これがメルヴィのおまんこ……」

「あまり見ないで、恥ずかしい……」

耳の先まで赤くしながら、メルヴィが声を震わせる。

よくよく見れば彼女のアソコは、僅かに濡れているようだった。

俺は指先て触れて確かめてみる。

「んぁっ、や、やんっ……」

「メルヴィのここ、濡れてるよ」

「そ、それは、だって……康弘があんなエッチな触り方するから……」

「俺の手で感じてくれていたんだね。嬉しいよ」

「んんっ、んぁっ、指、動かさないで……」

割れ目にそって指を動かすと、くちゅくちゅといやらしい音がした。

俺は自分のペニスを取り出すと、先端を入り口にあてがう。

「あっ……硬いのあたってる……」

「入れるよ、メルヴィ……」

俺は腰に力を込めると、割れ目を押し開けるようにしてペニスを突き入れていく。

濡れているとはいえ、メルヴィの中はかなりきつく、簡単には俺のモノが入らない。

「痛っ……」

「大丈夫か？　メルヴィ」

「う、うん、平気だから、続けて……」

目の端に涙を浮かべながらメルヴィが言う。

あまり時間をかけても彼女が辛いだけだと思った俺は、一気にペニスを突き入れることにした。

「いくよ、力を抜いて」

「んんぅっ……!!」

ペニスを思いきり突き入れると、ぶぢぶちっと何かを突き破る感触と共に、奥まで飲み込まれていく。

途端に、膣肉がぎゅうぎゅうと締めつけてきた。

熱くて、ぬるぬるとまとわりつき、ぷりぷりとした感触……これが、女性の中なのか！

「全部入ったよ……」

「あっ、あんっ、わかる……私の中に、康弘がいるのが……んんっ、んあっ、あ、あふっ……」

「くっ、動くよ……」

とてもじっとしてなどいられず、俺は腰を動かし始めた。

メルヴィの中は、みっちりとペニスでいっぱいになっていた。

「あぁっ、あ、あうっ……んっん、んくぅっ……ひゃんっ……おちんちん、動いてる……

あぁっ、ん、んんっ……」

数回往復しただけで凄まじい快感が襲ってきた。

愛撫をしていたときから興奮していた俺は、あっという間に限界を迎えてしまう。

「うっ、で、出る……！」

「えっ、あ、あんっ」

腰を跳ねさせながら、ドクッドクッと凄まじい勢いでメルヴィの中に精液を注ぎこんでいく。

「んあぁっ、あんっ、熱いのいっぱい出てる……ん、んぅっ」

「はぁはぁ、ごめん、メルヴィの中があまりに気持ちよくて……」

「いいのよ、康弘が気持ちよくなってくれれば、それで……ひゃうっ、ん、んあぁっ⁉」

だが、俺のペニスはまったく硬さを失っていなかった。

なので再びピストンを開始すると、メルヴィが驚いた声を上げる。

「ど、どうして？　いま射精したばかりなのに、まだ大きいままなんて……ん、んくっ……あ、あふっ……」

「あれぐらいじゃ、全然足りないよ。俺はもっとメルヴィのおまんこを味わいたいんだ！」

「やっ、そんな、ダメっ、んぁっ、あ、あぁっ、あふっ、あ、あんっ」

精液のおかげで先ほどよりも抽送がスムーズになっていた。

ぐちゅぐちゅと音を立てながら、俺は激しく腰を動かす。

「ふぁあっ、あっあ、あんっ、激しいっ……ふぁあっ、あ、あくっ、おちんちん、奥まで届いてるっ……ん、んんっ、んぁあっ……!!」

「メルヴィの中、すごく締めつけてくるよ……」

「な、なにか変な感じ。おまんこ熱くて、すごく感じちゃう……んうぅっ……ああっ、あふっ……あんっ、ああっ……」

ペニスの動きにあわせて、メルヴィが甘い声を上げる。

往復を繰り返せば繰り返すほど、膣内が俺のモノに馴染んでいくかのようだ。

俺はぴったりと腰を押し付けると、ぐりぐりとペニスを回転させる。

「ひあぁっ⁉　そ、それ、さっきと違うところにあたって……やんっ！　あ、あぁっ……んんっ、んあぁっ、あ、あふっ、あ、あ、あんっ!!」

メルヴィが背中を逸らせながら、きつく俺のモノを締めつけてきた。

俺はカリ首で、膣壁を擦りながら敏感な部分を探していく。

「あっく、あぁっ、あんっ、おちんちん、私の中、確かめるように動いてる……ひあぁっ……あぁっ、あんっ、ん、んんっ……」

入り口の辺り、天井の部分を思いきり強く擦る。

「ひあぁあああぁあああああっ⁉」

するとメルヴィが今まで以上に激しい反応を見せた。

ぎゅっ、ぎゅっと膣内が強く締めつけ、大量の愛液が溢れ出してくる。

「やっ、そ、そこ、ダメぇ……ひゃんっ……ん、んんっ……あふっ、あ、あうっ……ん、んくぅっ……！」

「ここが良いんだ？」

彼女の弱点を見つけた俺は、そこをカリ首で重点的に責め立てる。

「ひあぁっ、あ、ああっ、ダメっ、ん、んぁあっ、やっ、ん、んぁっ、そ、そんなにされたり、私、イッちゃうっ……んあぁあっ‼」

ビクビクっと身体を震わせながら、痛いほどに俺のモノを締めつけてくる。

膣内が何度も収縮を繰り返し、ペニスにまとわりついてくる。

これがエルフ嫁の絶頂まんこ……素敵すぎる！

「もしかしてメルヴィ？　軽くイッちゃった？」

「はぁはぁ……うん……だって康弘のおちんちん、すごすぎるんだもの……ふぁっ……」

荒く息を吐き出しながら、メルヴィが俺に言う。

その様子に俺はたまらずにごくりと唾を飲み込むと、さらにピストンを加速させていく。

「やっ、さっきより激しくなってる……！　ひゃうっ……あ、あふっ……あんっ、あ、あうっ……あっあっ、あ、あひっ、あ、あぁっ‼」

ひたすらペニスを出し入れしていると、すっかりとおまんこの中がほぐれきっているのがわかった。

熱くぬめる膣内で俺のモノが擦られるたび、全身に鳥肌が立つような快感が襲ってくる。

「ひゃんっ、ん、んんっ、んあっ、す、すごい……すごいのっ……ああっ、硬くて、大きいの出たり入ったりして……ひぁあっ！」

「メルヴィ、大好きだ、愛してるよっ！」

「ふぁあっ、ん、んんっ、康弘……あんっ、嬉しい……あぁっ、あん、あくっ、あ、あぁあっ！」

俺は夢中になって、メルヴィの中を往復していた。

ひくつく膣内がまるで精液を搾り取ろうとするかのように、ペニスにまとわりつき吸い付いてくる。

それを振り払うようにして、ペニスを激しく出し入れしていく。

そのたびにメルヴィの大きな胸がぶるんぶるんと揺れていた。

ふと思いついて、俺はメルヴィの耳に顔を近づけると、先っぽをぱくっと口で咥えた。

「ひゃうぅぅうぅうっ!?　や、康弘……み、耳は……あぁんっ」

「ぐっ……すごく締まる……」

すると予想以上の反応が返ってきた。

メルヴィは大きな声を上げると、これでもかと俺のペニスを締めつけてくる。

どうやら、かなり耳が敏感らしい。

「ぴちゅぴちゅ……ちゅっ……ちゅるるっ……」

「やっ、ダメっ、それ、刺激強すぎて……ひぐぅっ……あっ、あふっ、あ、あんっ、あ、あくっ……!!」

俺はメルヴィの耳を噛んだり舐めたり、吸ってみたりする。

その刺激でさらに膣内が激しくペニスを締めつけ、大量の愛液が噴出していた。

どうやら何度もイッているようだ。

「あっあっ、あんっ、それ、感じすぎて、頭おかしくなるぅっ……やぁぁっ、らめっ、な、なにも考えられなくっちゃ……ふあぁぁあっ!!」

「可愛いよ、メルヴィ。んむっ……ちゅくちゅく……ちゅっ、ちゅううぅうっ」

「ふあぁあっ、やんっ、ん、んんっ、イクの止まらない……はひっ、しゅごい、これ、しゅごいのぉっ……ひゃうっ、ん、んああっ」

あの綺麗なメルヴィの顔が、快感でぐちゃぐちゃになっていた。

そのいやらしい様子に、俺はさらに興奮を覚えてしまう。

「メルヴィ！　メルヴィ！」

「あぁ、康弘……んぁあっ、あ、あひっ、あ、あんっ、あ、あくっ、ん、んあぁっ、あ、あふっ、あ、ああっ!!」

俺の精液と愛液が混ざり合い、メルヴィのおまんこはぐちゅぐちゅのドロドロになっていた。

熱くぬめる膣内はどこまでも俺のモノを飲み込み、きつく締めつけ放そうとしない。

カリ首で奥を突くたびに、子宮口が先端にむしゃぶりついてきた。

「メルヴィの身体、すっかり赤ちゃんを作る準備ができてるよ。子宮が、俺の精液が欲しいっておりてきちゃってる」

「う、うん、わかるの。私の身体、康弘の精液が欲しいって言ってるよ……赤ちゃん、孕ませて……ください。あなたの妻を、孕ませください……んんっ！」

俺は勢い込んで、ペニスを雄々しく突き込む。

「ああっ、たっぷり注ぎ込んでやるからなっ!!」

「嬉しい……ひゃんっ、あ、あふっ、あんっ、あ、あぁっ、ん、んはあっ、ん、んんーっ！」

俺はひたすらに腰を動かし続ける。

メルヴィの膣内は痛いほどに俺のモノを締めつけ続けていた。

おまんこの中はまるで燃えるように熱く、ペニスが溶かされてしまいそうな錯覚さえ覚える。

「はぁはぁっ、あ、ああっ、あんっ、あ、あふっ、ん、んんっ、激しい……私のおまんこ、壊れちゃうっ……んぁっ、ああ、あんっ……」

「お、俺、そろそろ限界が……。メルヴィの中にたっぷり注ぎ込んでやるからな……」

「う、うん、きて。康弘の熱くて濃い精液、私の中にいっぱい出してっ!!」

「くっ……」

俺はゴール目指して一気にラストスパートをかける。

ひたすらペニスに吸い付いてくる膣肉を振り払うようにしながら、奥を容赦なく突いていく。そのたびにメルヴィが大きく背中を仰け反らせていた。

「あぁっ、あぁぁっ、くるっ、すごいのきちゃうっ……イクっ、イクイクイク……!!」

「俺もイクぞ……!!」

ズンっと、思いきりメルヴィの中にペニスを突き入れる。

その瞬間、これまでにないほどメルヴィの膣内が締めつけてきた。

あまりの刺激に、俺に一気に限界が訪れる。

「ぐっ……!」

ドピュルルルルルルルっ!!

「んあああああぁああぁあぁああああああっ!!」

二度目とは思えないほど大量の精液を、メルヴィの中に注ぎこんでいく。

彼女は大きく背中を仰け反らせながら、それを受け止めていった。

「あっあっ、あぁっ、あ、あんっ、ん、んんっ、私の中で、ピュッピュッってしてるぅ……あぁっ、まだ出てるっ……」

どこかうっとりとした様子でメルヴィが言う。

俺はその声を耳にしながら、ほんとうに満たされた気持ちで、最後の一滴まで彼女の中に精液を吐き出すのだった。

こうして無事に初夜を終えた俺たち。それからは新婚生活が始まって、数日が経った。

「ねぇ、康弘」

「うん？　なんだい、メルヴィ」

夕飯を終えた後、ふいにメルヴィが俺に話しかけてきた。

「貴方がこちらの世界に来てからしばらく経つけど……元の世界に帰りたいとは思わない？」

「思わないけど」

「……そうよね、思わないわよね……って、ええっ!?　まったく帰りたくないの？」

俺の即答に、メルヴィが驚いた顔をしていた。

「うん、だってこっちの世界は俺にとっては理想郷だし」

辛い仕事をしなくていいだけではなく、美人のエルフ嫁と子作りし放題。

まさにパラダイスだ!!

「本当に、帰れなくてもいいの？」

「ああ、俺の人生すべてと引き換えても後悔はないよ」

「康弘……貴方、そこまで……」

「だから、これからもよろしくな、メルヴィ」

「ええ、私のほうこそ」

俺の言葉にメルヴィが、どこか安心したかのように、にこっと笑う。

やっぱり彼女には、笑顔のほうが似合っているよな。


そんなやり取りをしてから、明らかにメルヴィの態度が変わっていた。

具体的にどんなふうに変わったのかというと……。

「起きて、康弘……もう朝よ……ちゅっ」

「ああ、おはよう、メルヴィ」

こんな風に優しく起こしてくれた上に、目覚めのキスをしてくれたり……。

「康弘、はい、あーん」

「あーん」

「どう？　おいしい」

「ああ、とってもおいしいよ」

「ふふ、良かった」

はい、あーんでご飯を食べさせてくれたり……。

「背中、流しあげるわね」

「ああ、ありがとう」

「タオルがいい？　それとも、こっち……？」

「よければ、そっちかな」

「わかったわ」

大きなおっぱいを使って、身体を洗ったくれたり……。

「ねえねえ、康弘、もっとぎゅっとして……」

「うん、こんな感じ？」

「ええ……貴方に抱きしめられていると、とっても安心する……」

などと、ふたりきりのときは甘えることが増えたり……。

とにかく前よりもラブラブな感じになったのだ。

夫としては、この変化は嬉しい限りだった。

これからもいっぱい、メルヴィといちゃいちゃするぞ!!

第二章　幸福なるエルフの理想郷

「ねえねえ、見て、康弘。このお花、とっても綺麗」

「本当だ。でも、メルヴィのほうがもっと綺麗だよ」

「やだ、康弘ったら、恥ずかしい……でも、ありがとう♪」

メルヴィが俺の言葉に顔を赤くしながら、嬉しそうにする。

本当に最初に会ったときよりも、明るく元気になった。

前の物静かで落ち着いた雰囲気の彼女も良かったが、明るく笑う今の彼女もいいな。

「あ、このキノコ、食べられるかな？」

「ちょっと見せて……うん、大丈夫」

今日の俺たちはデートを兼ねて、森まで野草取りに来ていた。

さすがエルフだけあって、メルヴィは植物に関してとても詳しかった。

とはいえ、こっちの植物は日本のもとはまったく違っているので、たとえ俺にその手の知識があったとしても役に立たなかっただろう。

なのでメルヴィに教えてもらいつつ、野草取りを楽しんでいた。

「今夜は、とってもおいしいスープを作ってあげるから楽しみにしていてね」

「ああ、期待しているよ」

夕飯の楽しみもできたところで、俺たちは森の奥に進んでいく。

すると開けた場所に出た。

涼しげな音を立てながら、滝が泉のような場所に流れ落ちている。

「へー、こんな場所があったんだ」

「ここは森の休憩所みたいなところね。水浴びすると、とっても気持ちがいいのよ」

「そうなんだ、どれどれ」

俺は泉に手をつけてみる。途端に、ひやりとした水の感触が伝わってきた。

「本当だ。確かに冷たくて、気持ち良さそうだな」

「良かったら、少しここで休んでいかない？」

「ああ、いいね。なんだったら一緒に入ろうか」

「いいわね、そうしましょうか」

「えっ」

俺としては冗談のつもりで言ったのだが、予想外の返事が返ってきた。

「どうしたの？　康弘」

「あ、いや、本当にいいの？」

「ええ、もちろん。というわけで、ていっ」

「わぷっ⁉」

メルヴィがいきなり俺に向かって、両手で水をかけてきた。

思わぬ不意打ちと水の冷たさに、驚いて声が出てしまう。

「ほらほら、隙ありっ」

「こ、この、やったなー！　反撃だ。とりゃとりゃっ‼」

「きゃーっ、冷たい」

俺も負けじと、メルヴィに水をかけ返す。

そのまましばらく、夢中になって互いに水をかけあうのだった。


「はー、はー、降参……」

「私も……ふぅ……」

荒い息を吐きながら、互いにその場に横になる。

柔らかな日差しと、時折吹き抜けていく風が心地良い。

「すっかりびしょ濡れになっちゃったな」

「こうしていれば、すぐに乾くわよ」

隣に目をやれば、俺と同じようにびっしょり濡れた姿のメルヴィがいる。

なんというかぴったりと服が身体に張り付いている上に透けていて……すごく、エロい。

「……………」

「何をじって見ているの？　康弘」

「いや、メルヴィの格好、エロいなーと思って」

「もう！　そんなこと正直に答えないの！」

顔を赤くしながら、メルヴィが両手で身体を隠すようにする。

そんな反応もまた可愛らしい。

「でも本当のことだし。すごくエロいぞ、メルヴィ!!」

「拳を握り締めて、熱く言われても……本当に仕方ないわね、康弘は」

「呆れたか？」

「ううん、貴方らしいなって。そんな正直な康弘が好きよ」

そう言ってメルヴィが、俺にキスをしてくる。

それから服が乾くまでの間、俺たちはいちゃいちゃして過ごしたのだった。

「服も乾いたし、そろそろ行きましょうか」

「ああ、そうだな」

もう少しここにいたいような気もするが、あまり長居していたら日が暮れてしまう。

真っ暗になった森の中で過ごすというのは、ぞっとしないからな。

「ねえ、康弘。帰りに街に寄ってもいいかしら？」

「もちろん、それは構わないけど、なにか買う物でもあるのか？」

「ええ、必要な物と今日取った野草を、交換しようと思って」

「へー、そんなことができるんだ」

「基本的にはお金を払って買うんだけど、貴重な薬草なんかは交換に応じてくれるのよ」

「なるほど」

なんだかすごくファンタジーっぽい感じがして、良いと思います。

「そういうことなら、行こうか」

「ええ」

というわけで俺たちは、街に寄ってから帰ることになった。


「やっぱりここは賑わっているなぁ」

街の中心部まで来たところで、俺は辺りをきょろきょろと見回す。

あたりまえなのかもしれないが、どこもかしこもエルフでいっぱいだ。

お店の人もエルフだし、お客もエルフ。

逆にここでは俺のほうが珍しい存在らしく、みんなこちらをチラチラと見てくる。

街に来るのは初めてではないのだが、この辺りの反応は変わらない。

「康弘は何か欲しいものはある？」

「ん～、俺は特にはないかな。大丈夫だよ」

「そう？　何かあったら遠慮なく言ってね」

俺と腕を組んだ状態のメルヴィが言う。

大きな胸がひじに当たって、とても気持ちがいい。

そんな風に一緒に歩きながら、俺はふとあることを思い出した。

「そういえば、あまりあっちには行かないほうがいいって長老に言われたんだけど、どうしてかな？」

「ああ、それは……」

俺の質問に、メルヴィが少し言いにくそうにする。しかし、すぐに口を開いた。

「そうね、ちゃんと話しておいたほうがいいわね。向こうには、ダークエルフの集落があるの」

「ダークエルフ？」

「ええ、私たちエルフとは違う、黒い肌をしたエルフたち……」

「へえ、ダークエルフもいたんだ。会ってみたいな」

「それは、ダメよ。彼らは、私たちよりも階級が下の存在……だから、集落も村の外れに存在しているの」

「え、そうなんだ」

「ええ、それに村の外は、魔物の脅威に常にさらされていて危険な場所なの」

「だから、長老はあまり近づくなって言っていたのか。でも、ダークエルフたちは大丈夫なのか？」

「そこで、私たちの村を守ることも彼らの役目の一つだから」

うーん、メルヴィの話を聞いていると、迫害……とまではいかないまでも、疎遠な関係ではあるらしい。

だけどダークエルフとは。これは、気になるなぁ……。

普通のエルフもいいけど、ダークエルフともお近づきになりたい!!

「とにかくそういうことだから、あっちの集落には行かないようにしてね？」

「え、あ、うん、わかった」

「本当にわかってるの？」

「ははは、大丈夫だって」

俺はメルヴィに笑って返す。

彼女がそこまで言うのだから、ダークエルフに会いに行くのはやめておこう。

そう、少なくとも今日は……。


「それじゃ、長老のところに行ってくるわね。今日は少し遅くなるかも」

「ああ、気をつけていってらっしゃい」

今日はメルヴィの定期報告の日……らしい。いきなり妻になってもらったけれど、元々は長老のところにいたみたいだしな。

家から出たのを確認して、俺はいよいよ計画を実行に移すことにする。

そう……それは、ダークエルフに会いに行くというものだ！

メルヴィにはああ言ったが、やはり気になるものは気になるのだ。

「よし、行くぞ」

俺は準備を整えると、例のダークエルフがいるという集落まで足を運ぶことにした。

うぅ、なんだかドキドキするなぁ……。

「俺だってバレてないよな……」

誰かに見られたら、そこからすぐ、メルヴィや長老に伝わるかもしれない。

そう考えた俺は、フードを目深に被って顔を隠していた。

これなら俺が誰だかわからないはずだ。そんなことを考えつつ、街の中心部を通り過ぎ、ダークエルフがいるという集落を目指す。

「ふぅ……結構離れてるな……」

だいぶ歩いたはずだが、まだ家などは見えてこない。

俺は少し、休憩することにした。

「む……そこのお前」

「はい？」

道端に座り込んだところで、不意に声をかけられた。

顔を上げると、鎧に身を包み、弓矢を持った相手がこちらを見ている。

あの格好からすると、戦士か何かだろうか？

「怪しいやつ。そんなところで何をしている」

「えっと……別に怪しいものじゃないので、お気になさらず」

「そういうわけにはいかないな。とりあえず、そのフードを外せ」

短剣を抜くと、刃先をこちらに向けてくる。

なにやら思いきり不審者だと思われているようだ。

「いや、本当に……って、君は⁉」

「な、なんだ？」

俺は相手の顔を見ると、勢いよく立ち上がった。

美しい褐色の肌……尖った耳も、当然のことながら同じ色をしている。

きりりとしていて鋭い目つきが、彼女の性格を表しているかのようだ。

そして必要最低限な部位を守る鎧では、到底隠し切れないバッグンのプロポーション。

そこにいるのは、まさに極上のダークエルフだった。

「あ、あの、初めまして！　俺、田辺康弘って言います‼」

そう名乗って、フードを勢いよく外す。

するとダークエルフは、少し驚いた顔をした。

「田辺康弘？　それに、その顔……お前、稀人《まれびと》か」

「はい、その稀人です！　ご存知なんですね！」

「ああ、一応こちらにも知らされていたからな……稀人がこんなところで何をしている？」

「その……ダークエルフに会ってみたいなと思っていまして！」

「私たちの一族に？　なんでまた……」

「俺のお嫁さんになってください‼」

「…………」

俺のプロポーズに、ダークエルフは一瞬無言になるが、訝しげな顔で口を開いた。

「なんだって？」

「だから、俺のお嫁さんになってください‼」

「何の冗談を言っているんだ」

「冗談なんかじゃないです。俺と子作りして欲しいんですっ」

俺はダークエルフの顔を真っ直ぐ見つめながら言う。

すると呆れたように息を吐き出した。

「あのな、いきなりそんなことを言われて了承すると思うのか？　私は忙しいんだ、お前の相手なんてしていられん」

「あ、待ってください！　せめて、名前だけでもっ‼」

「探すなら、別の相手を探すんだな」

「お願いです！　名前、名前だけでもっ‼」

「ええい、しがみつくな！　私の名前はエリナだっ‼」

腰に必死にしがみつくようにすると、ダークエルフ……エリナが名前を教えてくれた。

「エリナさん……素敵な名前ですね！」

「これでいいだろう。それじゃなあ」

「あっ……」

エリナさんは俺を振り払うようにすると、今度こそ行ってしまった。

見つけた……俺の理想のダークエルフ！

長老は、嫁にする相手はひとりだけなんて言っていなかった。

そうなればもちろん……彼女も俺の嫁候補のはずだ！

「エリナさん、こんにちは！」

「お前……また来たのか」

「ええ、俺のお嫁さんになってもらえないかなーって」

「ならない」

「そこをなんとか」

「ならないったら、ならない」

まったくもって取り付く島も無い。

だけど冷たくされたほうが、こちらも燃えるというものだ！　特にダークエルフにはな。

「やぁ、こんにちは」

「…………」

「仕事って何してるの？　警備？」

「…………」

「頑張ってね！」

「…………」


「いや〜、今日もいい天気だね。こんな日はどこか遊びに行きたいよね」

「…………」

「君もそう思わない？」

「…………」

「今度良かったら、ピクニックでもどう？」

「…………」


「こんにちは、また会ったね。ところで休日とかって何してる？」

「…………」

「好きな食べものは？」

「…………」

「趣味とかある？」

「…………」

「俺は素数を数えるのが好きなんだ。あ、こっちの世界に素数ってあるのかな？」

「…………」


「ダメだーっ‼」

「ど、どうしたの？　康弘」

俺は自分の家に戻ると、がっくりと膝を落とした。

あれから何度も会いに行っているのだが、エリナはまったく会話してくれなかった。

うなだれる俺を、メルヴィが心配そうに見ている。

そうだ、ここは同じエルフとして彼女に相談してみてもいいんじゃないか？

「あの、良かったらちょっと聞いて欲しいことがあるんだけど……」

「うん、なあに？」

「実は――」

俺はメルヴィに、エリナのことについて話した。

エルフの理想像はメルヴィであるが、ダークエルフの理想像はエリナであること。

だから彼女も、エルフ嫁にしたいことを包み隠さず、正直に……。

「……というわけなんだ」

「なるほど……ここ最近、どこかによく出かけていると思っていたら、やっぱりダークエルフのところだったのね」

「ごめん。メルヴィがいるのに、俺……」

全部話してから、いまさら俺はそのことに気づいた。

夢にまで見たエルフのいる世界に来られて、ちょっと……いや、めちゃくちゃ浮かれていたのかもしれない。

「ううん、気にしないで」

「メルヴィ？」

そんな俺の手をメルヴィが、優しく握り締める。

「康弘がそれで良いのなら、子作りする相手は多ければ多いほど、エルフにとっても助かるわ。むしろ、それが心配でもあったの……」

「本当に？」

「ええ、だから、貴方がエルフのお嫁さんを増やしたいというのなら、もちろん構わない……だけど……」

「だけど？　やっぱり何か問題でも？」

「その人はダークエルフなのよね？　念のために、長老にお伺いを立てておいたほうがいいと思う」

「そうか……わかったよ」

エルフにとって、ダークエルフは下の存在。

俺が勝手なことをすれば、エルフにも、逆にダークエルフたちにだって、迷惑がかかる恐れもあるのか……。

そう気付いた俺は、さっそくメルヴィと一緒に長老のもとへと向かった。

「ふむ……ダークエルフの娘を嫁にしたいと……」

「はい！　彼女は俺にとってまさに理想のダークエルフなんです!!」

長老の屋敷へ赴いた俺は、メルヴィに説明したのと同じ内容を話してみた。

「むぅ、私としてはあまり賛成はできないが……」

「そこをなんとか！　エルフの皆には迷惑をかけませんからっ！」

「稀人である康弘がここまで言っているんです。許可してあげてください。外の血が混ざった子が生まれる可能性は多いほうがいいでしょう？」

「確かに、メルヴィの言うとおりではある。わかった、田辺の好きなようにするが良い」

「本当ですか!? ありがとうございます、長老！」

俺は長老に向かって深々と頭を下げた。

これでエルフの一族公認で、ダークエルフを嫁にしてもいいことになったわけだ。

「私も協力するわ、康弘」

「ありがとう、メルヴィ！」

よーし、あとはエリナと仲良くなるだけだ。

……まあ、それが一番の難関であるわけだが。


「こんにちは、エリナ。今日も綺麗だね」

「……はぁ、お前も本当に毎日懲りないな」

「おお、久しぶりに返事してくれた！ ちょっと、打ち解けてくれたのかな？」

「勘違いするな。単に呆れているだけだ。いいか？ くれぐれも私の仕事の邪魔はしてくれるなよ」

そうクールに言い放つと、エリナはすたすたと歩き去ってしまう。

うーん、やっぱり彼女はぜひとも俺の嫁にしたい！

改めてそう強く決意した俺は、それからもめげずにエリナの元に通い続けた。

メルヴィからエルフ流のアドバイスも貰いつつ、毎日毎日……。

そのせいだろうか。

ある日突然、エリナの態度に変化が訪れた。


「やあ、エリナ」

「……待っていたぞ、ヤスヒロ」

「えっ、待っていたって、俺のことを？」

「ああ、そうだ……」

「驚いたな。どういう風の吹き回しだ？」

予想外の事態に、思わず俺はそう聞いてしまっていた。

「別に……今まで冷たくして悪かったな。これからは、お前の望むことに従う」

「えっと、それって……」

「私は、お前の嫁になる……好きなようにしてくれ」

これは遂に俺の思いが、エリナに通じたのか⁉

だが、そう考えるにはどうにも様子がおかしいような……。

「じゃ、じゃあ、早速だけど子作りさせてもらおうかな、なんて……」

「…………」

「あ、いきなりそんなダメですよね、ははは、わかってます」

「……いいぞ」

「えっ？」

「そっき言ったろう。好きなようにしてくれ……私の身体はもう、お前のものだ」

エリナが俺に、いつもの冷静な様子で言う。

これは素直に喜んでもいいのだろうか……？

「えっと、じゃあここでというのもなんだし、君の家に招待してもらってもいいかな？」

「ああ、わかった」

違和感を覚えつつも、そうお願いすると、エリナはあっさりと承諾してくれた。

というわけで俺はエッチをするために、初めて彼女の家に行くことになったのだった。


「へー、ここがエリナの部屋なんだ」

「あまりじろじろ見るな。面白い物などないだろう」

「いや、意外と女の子らしいというか……」

必要最低限な物しか置いていない殺風景な部屋を想像していたのだが……。

全体的に、ピンク色にまとめられていて、可愛い小物が置かれていたりもする。

それになんだか、すごくいい匂いがするし。

「私の部屋なんてどうでもいい。それより子作りするんだろう？　さっさと済ませてくれ」

「あ、ああ、うん」

エリナの言葉に頷きつつも、やはり俺は違和感を覚えていた。

何というか、嫌々というか、本当は不本意だという空気がひしひしと伝わってくるのだ。

こんな状態でエリナとセックスしてしまっていいのだろうか？

だが俺のペニスはこんなチャンスを逃してはならないと、硬く、大きくなっている。

「どうした？　しないのか？」

「うーん……よし、決めた！」

「ひゃあっ!?」

次の瞬間、俺はエリナの身体を押し倒していた。

せっかく異世界に召喚されるという奇跡を体験できたんだ。

だったらもう、自分のしたいことをとことんするべきだ。

そのまま、押し倒したエリナの服を脱がせていく。

「あ、ま、待って、まだ心の準備が……」

勢いよく上着を脱がせると、すぐに形の良いおっぱいが露になった。

肌が褐色のおかげで、先っぽのピンク色がより映えて見える。

「あうっ……」

「とっても綺麗だよ、エリナのおっぱい」

「あ、あまり見るな……恥ずかしい……んんっ……」

普段は気の強い彼女が、いまは耳の先まで真っ赤にしてしまっている。

その恥ずかしそうにしている姿がたまらず、俺は彼女の乳首に唇をつけた。

「やんっ、な、何を……ふあぁっ！　ん、んあっ、バカっ、舐めるな……んあぁっ……！」

「れるっ……ペロペロ……おいしいよ、エリナの乳首……ちゅうぅっ！」

「こら、吸うな……ひゃんっ……んあっ、あ、あ、あふっ、ああっ……ひうぅっ」

俺は乳首を吸いながら、もう片方の胸を揉みしだいていく。

メルヴィに勝るとも劣らない大きさで、張りと弾力がたまらない。

むっちりとした肌が、手のひらに吸い付いてくるかのようだ。

「んうぅっ、やんっ、そんな強く、胸、揉むな……あぁっ、あんっ、あふっ、ん、んくっ……」

「ちゅうぅっ、エリナの胸から、おっぱいでないのかな？」

「そ、そんなもの出るわけないだろう……こんなことをするのは初めてなんだ。ミルクなんてまだ……んくうぅっ」

「えっ、そうなの？」

「あっ、くっ……わ、悪いか……！」

先ほど以上に顔と耳を真っ赤に染めながら、エリナが言う。

俺はそんな彼女に首を振りながら答えた。

「いや、すごく興奮する」

「な、何を言って……やんっ、んっんっ、んあぁっ、あ、あひっ、あ、あんっ、あ、ああっ、あふっ、あ、あんっ……!!」

口で片方の乳首を吸いながら、もう片方の乳首を指で摘んで転がす。

どちらも強弱を加えながら弄ると、エリナがびくびくと身体を震わせた。

「あっあ、あんっ、同時になんて……ああっ、あんっ、なんだ、これは……んうっ、身体が熱くなって……はふっ、ん、んぅっ、あぁんっ……！」

どうやらエリナは、生まれて初めて味わう刺激に翻弄されているようだった。

刺激を与え続けられた両方の乳首が、どんどん硬さを増していくのがわかる。

「どうだい？　気持ちいいかい？」

「んっんっ、んあっ、よ、よくわからない……でも、お前に乳首を弄られると、何だか変な感じで、背中がぞくぞくってしてしまう……んんっ、ん、んうぅっ」

あのエリナが俺の愛撫で可愛らしい声を上げていた。

その反応がもっと見たくて、俺はさらに責めを激しくしていく。

「ちゅっ、ぴちゅぴちゅ……んちゅっ……ちゅうぅっ、ちゅっ、んちゅっ、ちゅ……ちゅうぅぅうっ！」

「はひっ、あぁっ、あんっ、は、激しい……それ、ダメぇっ……ひゃんっ……はひっ、あ、あんっ、あ、あぁっ……!!」

もともと感じやすいのか、俺の責めにいちいち敏感に反応してくれる。

乳首はすっかり充血して硬くなり、こりこりとした感触が気持ちいい。

「胸だけでこんなに感じるなんて、エリナはエッチなんだね」

「なっ、わ、私は、そんな……」

「こっちのほうはどうなっているかな？」

「……ひゃうっ!?」

俺はエリナの股間に手を伸ばした。

そのままパンツの中に滑り込ませると、指先がぬちゃりと濡れる。

「やっぱり、こんなに濡れているじゃないか」

「あぁっ、そ、そんなところ触るなぁ……んんっ、んくっ、んぅっ、ゆ、指、動いて……ひゃんっ……」

俺は割れ目に沿って、くちゅくちゅと指を動かしていく。

その動きに合わせて、エリナの身体がびくびくと震えた。

「すごいな。おっぱいを弄られただけで、こんなに感じていたんだ」

そう言いながら、俺はエリナの耳の先を咥える。

先っぽを舌先で弄ると、彼女が激しく反応した。

「ふあああああぁあぁあぁあぁっ！　み、耳はダメぇっ……!!　んあっ、あ、ああああっ!!」

ビクビクっと、エリナの身体が大きく震える。

指で触れたアソコからは大量の愛液が噴き出していた。

もしかしなくてもこれって……もうイッたのかな？

「はぁはぁ……あんっ、あふっ……ん、んんっ……」

「まさか耳を弄っただけでイクなんて、びっくりしたよ。よっぽど敏感な場所なんだな」

「やあっ、ペロペロしないでぇ……んくっ、んんっ、んあっ……」

舌で優しく舐めると、エリナが甘く声を震わせる。

それならと俺は、さっきのように先っぽを咥えて強く吸ってみた。

「チュウチュウするのもダメえっ……あふっ、あっあ、あくっ、あ、あんっ、あ、あぁっ、ん、んはぁっ!!」

「あれもダメ、これもダメってわがままじゃないか？　じゃあ、こっちならどうだ？」

俺は割れ目に触れた指を再び動かし始める。

途端にくちゅくちゅと、いやらしい音が部屋の中に響き渡った。

「やぁっ、あ、あんっ、エッチな音、たてないで……んんっ、んくっ、あんっ、あ、ああっ、ふあぁっ」

「こっちは大丈夫そうだな。さっきより声が気持ち良さそうだ」

ぴっちりと閉じた割れ目を押し開くようにして、指を突き入れていく。

愛液を潤滑油にしても、エリナの中はきつく、狭かった。

そのまま膣内をほぐすように指を出し入れする。

「ふあぁっ、あ、あんっ、指、おまんこの中に入ってきてるぅ……あぐっ、あ、あうっ、ひゃうっ……んんーっ」

ぎゅうぎゅうとエリナの膣内が俺の指を締めつけてくる。

熱くぬめついた感触に、いますぐペニスを入れたい衝動に襲われた。

俺はエリナから身体を離すと、勢いそのままに、ズボンからいきり立ったチンコを取り出す。

「あっ……」

「いいよな？　エリナ」

「むっ……何度も言わせるな。好きにすればいい」

そう言って、俺から顔を逸らしてしまう。

やはりどうも本心では乗り気ではないような気がするな。

このままセックスしてしまうのは良くない予感がした。

本当に彼女を手に入れたいなら、我慢するべきかもしれない。

「……わかった、それじゃ、四つんばいになってくれるか？」

「よ、四つんばい？」

「ああ、それで俺にお尻を向けるんだ」

「くっ……私にこんな屈辱的な格好をさせるなんて……」

声を震わせながら、エリナがお尻をこちらに向ける。

むっちりとしていて形のいい、なんともすばらしいお尻だ。

俺は思わず、手のひらで撫で回してしまう。

「ひゃうっ！　あんっ、な、なにを……んんっ、んぁっ、あ、あんっ……！」

見た目のとおり、エリナのお尻は最高のさわり心地だった。

弾力がありむちむちとしていてすべすべで、いつまでもこうして触っていたくなる。

「あんっ、くすぐったい……はふっ、あうっ……」

小さく背中を震わせるエリナの様子を目にしながら、俺は勃起したペニスを割れ目に擦りつけるようにする。

そこは愛液で十分に濡れていて、ぬるぬるとした感触とおまんこの柔らかさがダイレクトに伝わってきて気持ちよかった。

「あんっ、熱くて硬いの動いてる……ひぅっ、ん、んぁあっ……はふっ、ん、んあ、あ、あぁっ……」

俺はペニスに愛液をなすりつけるようにすると、いよいよ先端を膣口に……ではなく、お尻の谷間に向けた。

そのまま俺のモノを、尻に挟むようにして動かしていく。

愛液のおかげで、スムーズにお尻の間でペニスを往復させることができた。

「た、田辺、お前、何をしているんだ？　あんっ、あ、あうっ、あ、ん、んんっ……」

「何って、エリナのお尻を使わせてもらっているんだよ。思ったとおり、とっても気持ちが良い」

「そんなところで、んっ、ペニスをしごくなんて、この変態……ひゃうっ……あふっ、あ、あんっ、ん、んはぁっ……！」

エリナの言葉に構わず、俺はむちむちとしたお尻の弾力を楽しみながら、腰の動きを速めていく。むっちりとしたお尻で挟まれて、その間でペニスをしごくと、ぞくぞくとした快感が生まれる。

俺はいつしか夢中になって腰を動かしていた。

「ああ、エリナのお尻最高だよ……！」

「そんなこと言われても、ちっとも嬉しくない……ひゃんっ……ん、んぁあっ、あ、あふっ、あ、あぁっ……!!」

彼女の身体はすっかり熱くなり、触れている部分がまるで焼けているかのようだ。

この状況に興奮しているのか、お尻で俺のモノをしごくたび、エリナが甘い声を上げた。

「くっ……んくっ……んぁっ、おチンポ擦れてる……あっ、あ、あんっ……」

ぶるんぶるんと大きな胸を揺らしながら、エリナが快感に喘ぐ。

俺は彼女のお尻をぎゅっと掴んで、ペニスを強く挟み込むようにする。

彼女のお尻は、カウパーと愛液が混ざり合った液でぬるぬるになっていた。

「はぁはぁっ、そろそろイクよ……」

「んっ、んくっ……おチンポびくびくってしてる……ふぁあっ……あうっ、あんっ、あくっ……しゃせい……されちゃう……ふぁあっ……」

俺はゴール目掛けて一気にラストスパートをかける。

両手に力を込めて、エリナの弾力がある引き締まったお尻で、思いきりペニスを挟み込んだ瞬間に——。

「ぐっ……！」

欲望を一気に吐き出した！

ペニスが大きく跳ね、エリナの褐色の身体目掛けて射精していく。

熱くてドロドロした精液が、容赦なく彼女のお尻を汚していた。

「あんっ、あ、あくっ……熱いの、お尻にいっぱいかかってる……んんっ……」

エリナも再びイッたのか、ぶるっと身体を震わせる。

垂れた精液がかかり、パクパクとひくつくおまんこを目にして、思わず挿入したくなるがぐっと我慢した。

「ふぅ、とっても気持ちよかったよ」

「……この変態が」

「いやー、何となく、セックスするのは嫌そうだったから」

「私に気を遣ったとでも言うのか？　ふん……どっちにしても変態であることに変わりはないがな」

不機嫌そうに、顔を逸らす。まあ、そこのところは否定できない。

「じゃあ、俺はそろそろ帰るけど、また会ってくれるかな？」

「……好きにしろ」

ぶっきらぼうにエリナが答える。

やはり何か違和感を覚えるが、その正体がハッキリするまで彼女に会い続けよう。

打ち解けてくれれば、そのうち話してくれるかもしれないもんな。

そんなことを考える俺だった。


「やあ、エリナ」

「…………」

しかしそんな俺の考えが甘いことを、すぐに思い知らされることになった。

会ってはくれるものの、前と同じ……いやそれ以上に、不機嫌さが全身から発せられているのだ。

やっぱり何かおかしい……。

突然、俺の嫁になっても良いと言い出した日に、なにかあったんだろうか？

『ピイイィイィィーッ!!』

「なんだこれ？　笛の音？」

そんなことを考えていると、鋭い笛の音が耳に飛び込んできた。

「!?」

「あ、エリナ？」

次の瞬間、エリナが武器を手に取ると部屋を飛び出して行った。

俺は慌てて、その後を追いかける。


「みんな、よく集まってくれた」

エリナの後姿をどうにか見失わないように走り続けると、村の広場に辿り着いた。

そこには他にも数人のダークエルフの姿がある。

全員武器を手にしていて、なにやら緊迫した雰囲気だ。

「たった今、見張りの者から連絡があったが、村の防衛線に魔物の集団が近づいているとのことだ。我々はこれより、魔物の討伐にあたる」

「え、それってもしかして、魔物が襲撃して来たってこと？」

ダークエルフたちが、エルフの街を守る役目を担っていることは知っていた。

そのおかげか、俺はこの世界に来てからまだ一度も、魔物とやらを目にしたことがない。

「どうやら、そうみたい。大変なことになったわね」

「ああ、みんな大丈夫かな……って、ん？」

聞き覚えのある声にそちらに目を向けると、俺のよく知る人の姿があった。

「メルヴィ⁉　どうしてここに」

「あはは、こんにちは、康弘。こんなところで奇遇ね」

「ああ、本当にな……って、そんなわけないだろっ。何してるんだよ？」

「えーと、康弘のことが心配で、陰ながら見守っていたというか……」

もじもじとしながら、メルヴィが答える。

「まさか、いつもついて来ていたのか？」

「いつもってわけじゃないけど……まあ、大体は……」

マジか、まったく気づかなかった。

これもエルフの能力の一つなのか……って、そんな大げさなものでもないか。

「よし、全員準備は整ったな、行くぞ！」

代表者らしきダークエルフの言葉に従って、武装した一団が統率の取れた動きで森の外へと向かう。

俺もその後について行こうとして、メルヴィに止められた。

「行っては駄目よ、康弘」

「どうして？」

「どうしてって、危険だからに決まっているでしょう」

至極もっともな理由だった。

だが、せっかく異世界に来たのだ。俺は魔物を見てみたかった。

「ダークエルフの戦士たちがいるんだ、大丈夫だよ」

「あっ、康弘！」

俺はメルヴィの手を振り切ると、ダークエルフの後を追いかける。

初めて目にするであろう魔物の姿を想像して、心臓が高鳴っていた。


「オーガだ！　オーガが出たぞ!!」

どうにかダークエルフたちに追いつくと、すでに戦闘が始まっていた。

辺りには怒号と、武器がぶつかりあう音が響いている。

ダークエルフたちがオーガと呼んでいる魔物は、元の世界で言うところの鬼に似ていた。

見るからに屈強な体躯。ダークエルフたちに比べて、二回りは大きい。

赤黒い肌に、大きな口からは凶悪な牙が覗いていた。

巨大なこん棒をぶんぶんと振り回しながら、ダークエルフたちに襲い掛かっている。

剣や弓矢で応戦するが、オーガの分厚い皮膚に弾かれてしまっているようだ。

「くそっ、みんな陣形を崩すなっ!!」

エリナが素早く動き回りながら、オーガに向かって弓矢を放つ。

しかし他のダークエルフたちと同じように、簡単に弾かれてしまっていた。

これはどう見ても、あまり良い状況とはいえないいんじゃないか？

そんなことを考えていると、エリナがオーガの一撃をかわしたところで、体勢を崩してしまった。

「あうっ……！」

あれでは、こん棒の格好の標的だ！

案の定、オーガが大きく武器を振りかぶった。

「……っ‼」

次の瞬間、俺はエリナとオーガの間に割り込んでいた。

「ヤスヒロ⁉」

咄嗟に飛び出してしまったが、もちろんなんの策もない。

眼前には、オーガの振り下ろしたこん棒が迫っていた。

……あ、死んだわ、俺。

思わず目を閉じた瞬間、身体に思いのほか軽い衝撃が走った。

「なっ⁉」

エリナの驚いた声が聞こえてきた。

いったい、何が起きたんだ？

状況を確認するために目を開くと、オーガの手にしていたこん棒が、なぜか粉々に砕け散っていた。

「えっ？　何がどうなったんだ？」

「ぐあぁぁあぁあっ！」

オーガも驚いた様子だったが、大きな声で叫ぶと、そのまま俺にパンチを繰り出す。

今度こそ終わった‼

ペチン。

「はい？」

思わず気の抜けた声が出てしまう。

確かにオーガのパンチが直撃したはずなのだが、痛くも痒くもなかった。

「手加減してくれた……わけないよな」

オーガが何度も俺に攻撃してくるが、まったく効かない。

俺は少し考えてから、試しに反撃してみた。

えい！　弱パンチ！

「グギャーっ‼」

するとオーガはもの凄い勢いで吹っ飛び、ぴくりとも動かなくなった。

「ヤ、ヤスヒロ、お前……」

「えーと……」

俺はぽりぽりと頬をかく。

なんだかよくわからないけど、俺ってもしかして滅茶苦茶……強い？

「あれは、もしや稀人？」

「稀人が、なぜここに？」

周りが俺を中心にざわついている。

こんな風に注目されるのって、俺の人生で初めてかも。

「何だかよくわからないけど、俺の嫁を傷つけようとするやつらは許さん！」

俺は拳を握り締めると、オーガの群に向かっていく。

それから一掃するまでに、さほど時間はかからなかった。

＊　＊　＊

「大丈夫か？　エリナ」

「あ、ああ、問題ない……」

「そうか、良かった」

安心したようにヤスヒロが笑う。

私は正直、戸惑っていた。

まさか、この男が私のことをかばおうとするとは思っていなかったから……。

「その、助かった……礼を言う」

「なあに、たいしたことじゃないって。それに嫁さんを守るのは当然のことだろ」

「…………」

ヤスヒロの言葉に、心臓がドキッとしてしまう。

こんなふうに胸が苦しくなることは、どんな魔物を相手にしたときもなかった。

オーガを相手に勇敢に戦うヤスヒロの姿は……格好良かった。

だから、余計に訳がわからない。

この男は自分の身を守るためなら、平気で他人を盾にするような男……ではなかったのだろうか？　ぬくぬくと、エルフに囲われているだけではないのか？

大体、稀人はエルフにとっても重要な存在。

故に、丁重に扱われている。そんな者がどうしてダークエルフを助けたりするのだ？

考えれば考えるほど、わからなくなってしまう。

「あっ、康弘、良かった、ここにいたのね！」

「おお、メルヴィ」

「慌てて後を追いかけたんだけど、見失ってしまって……心配したわ」

「悪い悪い。でも、魔物なら俺が全部倒したから大丈夫だよ」

「ええっ、康弘が!?」

後から来た街のエルフの娘が、驚いた顔をしていた。

確か……彼女もヤスヒロの嫁だったはずだ。前にそんな話を聞いている。

「ヤスヒロの言っていることは本当だ……圧倒的な力でオーガを倒してしまった」

「そ、そうなの？　となると……なるほど……そういうことだったのね」

ぶつぶつとメルヴィというエルフが何か呟きながら、最後には納得したように頷いていた。恐らくは、稀人の『特性』について思い当たることでもあったのだろう。

「いやー、まさか俺にこんな力があったなんてびっくりだよ」

「なんだと？　お前、自分の力について知らなかったというのか？」

「ああ、魔物を見ること自体、初めてだし」

「なっ……!?」

当然のことのように言うヤスヒロを前に、私は絶句してしまう。

ならば命の危険を冒してまで、私を助けようとしたというのか？

ますます私は、ヤスヒロという稀人のことがわからなくなってしまった。

「…………」

「あの、エリナ。少し、いい？　私はメルディ。貴方と話したいことがあるの」

「えっ、ああ、構わないが……」

「じゃあ、こっちに……」

どうやらふたりだけで話したいらしい。

メルヴィは、ヤスヒロにここに待っているように伝えると、私を少し離れた場所へと連れて行った。

＊　＊　＊

「何の話をしてるんだろうなぁ」

俺は少し離れたところで、メルヴィとエリナの話が終わるのを待っていた。

ふたりだけで話したいと言っていたが、いったいなんだろう？

気になりはしたが、盗み聞きなんてするわけにはいかない。

それにメルヴィなら、おかしな話はしないだろうし……。

「お待たせ」

「……待たせたな」

そんなことを考えていると、程なくしてふたりが俺のところに戻ってきた。

「いや、大丈夫だよ。もう話はいいのか？」

「ええ」

こくりとメルヴィが頷いて返す。

その隣でエリナがもじもじとした様子で、チラチラと俺のことを見てきた。

心なしか顔も赤いような気がするが……どうしたんだろう？

「それでね、エリナが康弘とふたりでゆっくりと話したいそうよ」

「俺と？　そりゃ別にいいけど」

断る理由もないので、俺は了承する。

「だけど、話したいことって？」

「それは、その……取りあえず、私の家まで来てくれ」

「ここじゃ駄目なのか？　わかった」

「じゃあ、私は先に帰っているわね、ごゆっくり」

そう言うと、メルヴィはウインクをして去って行った。

なんだ、一緒には行かないのか……まあ、エリナは俺とふたりで話したいらしいしな。

「えと、それじゃ行こうか？」

「ああ、よろしく頼む」

心なしか落ち着かない様子のエリナと一緒に、彼女の家へと向かうのだった。


「その……すまない。私は、お前のことを誤解していたようだ」

「え？　誤解って？」

エリナの部屋でふたりきりになると、急に謝られた。

わけがわからずに、俺は聞き返す。

「それは、後で話す……その前にこれまでの非礼の詫びと、今日のお礼をさせてほしい」

エリナが熱っぽい目で言うと、俺に身体を寄せてくる。

そして右手を伸ばすと、股間に触れてきた。

「俺は嬉しいけど、いいのか？」

「ああ……ヤスヒロに私のすべてを感じて欲しいんだ」

柔らかなエリナの手に触れられて、俺のモノがみるみるうちに大きくなっていく。

当然ながら彼女の申し入れを断る理由なんて、俺にはなかった。


「ヤスヒロのここ、もうこんなに大きくなってる……」

「そりゃ、エリナにしてもらえると思ったら興奮しちゃってね」

「ふふ、そう言われると悪い気はしないな……れるっ……んちゅっ……」

「うくっ……」

ベッドに腰掛けた状態の俺。

エリナが跪いたような格好で、股間の部分に顔を持ってきていた。

そのままペニスに口元を近づけると、舌で亀頭の部分を舐めてくる。

「ちゅっ、んちゅっ……れるっ……んちゅっ……んっ、おチンポ、びくびくってしてる……ちゅっ……」

ぬるりとしていて熱い舌の感触に、全身に鳥肌が立つような快感が襲ってきた。

あの凛々しいエリナにフェラされていると思うと、たまらなく興奮してしまう。

「んちゅっ、ちゅぴちゅぴ……ちゅちゅっ……れるるっ……ちゅぱちゅぱ……んんっ……」

竿の部分を手でしごきながら、舌先で亀頭を弄ってくる。

与えられる快感を前に、俺のモノからカウパーが溢れ出してきた。

「先っぽから何か出てきたよ？　ヤスヒロ……ちゅぴちゅぴ……んちゅっ……」

「エリナの舌が気持ちいい証拠だよ……くうっ……」

「ふふ、もっと気持ちよくしてあげる……んちゅっ……ちゅぷぷ……れるっ……くちゅくちゅ……ちゅちゅっ……！」

俺の言葉を聞いて、エリナがさらにペニスへの責めを激しくしていく。

裏スジを舌先で舐められると、思わず腰が浮きそうになってしまった。

「おチンポ、すごく反応した。ここが気持ちいいの？　れるるっ……んちゅっ……ちゅちゅ、ちゅぷぷっ」

「あ、ああ、そこ、すごい……」

思わず声が上ずってしまう。

俺のモノはエリナの唾液と、カウパーですっかりと濡れていた。

「じゃあ、こんなのはどう？　あむっ……ちゅぅぅっ……ちゅっ……ちゃぱちゃぱ……ちゅるるっ……くちゅくちゅ……」

「あっ、くっ……」

エリナが亀頭にしゃぶりついたかと思うと、強く吸ってきた。

凄まじい刺激に、全身にぞくぞくとした快感が走り抜けていく。

「うあぁっ、そ、それ、いい……上手だよ、エリナ……」

「ぷぁっ、れるっ……いつか、求められたときに練習していた甲斐があったわね……ちゅぱちゅぱ……」

心なしか、言葉遣いまで優しくなっている気がする。

「練習って、そんなことしてたのか？」

「それは、その、戦士たるもの……いかな修練でも積んでおくに越したことはないから」

耳の先を赤くしながら、ごにょごにょとそんな言い訳をする。

なんとも真面目な彼女らしいな……。

「と、とにかく、もっと気持ちよくしてあげるから……んちゅっ……ちゅっ……ぴちゅぴちゅ……ちゅぷぷ……れりゅっ……ちゅうぅっ……」

「くぅっ、は、激しい……」

さすが練習していたというのは、伊達じゃない。

エリナのテクニックを前に、俺はされるがままになっていた。

「んっ、ヤスヒロのエッチなお汁がどんどん溢れてきて、飲みきれない……じゅぽじゅぽ……じゅるるっ……ちゅっ……ぴちゃぴちゃ……」

いやらしく音を立てながら、俺のペニスを咥えたまま頭を上下に動かすエリナ。

狭くきつい口の中でしごかれるたびに、言いようのない快感が襲ってきた。

「おチンポ、私の口の中でビクビクって暴れてる……ちゅくちゅく……ちゅっちゅっ……んむっ……ちゅぱちゅぱ……じゅるる……！」

夢中になったように、エリナが俺のモノにしゃぶりついていた。

彼女も興奮しているのか、口の中が燃えるように熱くなっている。

「ちゅぱちゅぱ……じゅるるっ……くちゅくちゅ……んちゅっ……じゅぱじゅぱ……！」

「はぁはぁ……そんなにされたら、俺、もう……」

「はふっ、おチンポの先っぽ膨らんできた……ひょっとして、イキそうなの？」

「ああ、エリナの口、気持ちよすぎてもう出そうだよ……」

「いいわよ、イッて。私の口にいっぱい出して……んちゅっ……ちゅぱちゅぱ……ちゅうぅっ……くちゅくちゅ……じゅぷぷっ！」

「うくっ……！」

今まで以上に激しくペニスを責め立てられ、限界がどんどん近づいてくる。

激しい快感を前に、全身にうっすらと汗が浮かんできていた。

「ちゅぱちゅぱっ、んちゅっ……くちゅくちゅ……ちゅっ……おチンポ、すごくビクビクしてる……精液出して見せて……私の口にビュー、ビューっていっぱいっ！」

「うあぁっ、で、出る……！」

エリナが口をすぼめ、ペニスを強く締めつけてくる。そしてその状態で思いきり吸ってきた。

あまりの刺激に腰が跳ね、気がつくともう、彼女の口の中に射精していた。

「んんっ!!　んっ、んむっ、んあっ、ん、んうぅうっ!!」

ドクドクっと凄まじい勢いで、エリナの口の中に欲望を解き放っていく。

収まりきらなかった分が、口の端から零れ落ちていた。

あの気の強いエリナの口内を犯したことに、征服感が満たされていった。

「ぷぁっ……すごい量……それに濃くて、ドロドロして……んんっ……」

小さく喉を動かしながら、エリナが精液を飲み込んでいく。

そんな彼女の姿を前に、俺のモノは硬さを失っていなかった。

「ヤスヒロの、まだ大きいままよ……？」

「ああ、エリナのいやらしい姿を見ていたら、興奮が止まらなくて」

「いやらしいなんて、そんな……恥ずかしい」

そう言って、エリナが顔を赤らめる。

いつもとは違う彼女の姿に、俺はますます興奮を覚えてしまう。

「エリナ……そろそろ、いいかな？　君と一つになりたいんだ」

「ええ、いいわよ。じゃあ、そこに横になって」

「横に？」

「私に任せてほしい……」

俺の胸に手を当てたかと思うと、優しく押しながらベッドに横にならせる。

そしてパンツを脱いだかと思うと、露になったアソコをペニスの先端に押し当てた。

先ほどのフェラで興奮していたのか、エリナのそこは既に愛液で濡れていた。

「いくぞ……んっ、んんっ……」

ゆっくりとエリナが腰を下ろしていく。

きつく閉じた入り口を押し開けるようにして、俺のモノが飲み込まれていった。

引き締まった身体をしているだけあって、かなりきつく狭い。

メルヴィとはまた違った感触だ。

「あっあっ、あんっ、入ってくる……ん、んぅっ……」

愛液の力を借りながら、やがてペニスが完全にエリナの中に入った。

彼女の膣内が俺のモノでみっちり埋まっているのがわかる。

「あんっ、ん、こんなっ……入れるとこんなに大きい……あふっ、なんて、ああっ……」

「エリナの中、すごい締めつけだ」

彼女が息を吐き出すたび、俺のモノをぎちぎちと締めつけてくる。

しばらくの間じっとしていたかと思うと、ペニスが馴染んだ頃を見計らって腰を動かし始めた。

「んんっ、んぅっ、んぁっ、おチンポ、お腹の中、ごりごりって擦ってる……はふっ、ん、んくっ……んあっ……」

甘い声を上げながら、エリナが腰を上下させていく。

膣肉できつく締めつけられながら、俺のモノがしごかれていった。

「はぁはぁ、どうだ？　私のおまんこは……んあっ、あ、あんっ、気持ちいいか？　ふぁっ、あ、あふっ……」

「ああ、最高だよ」

俺は素直な感想を口にしていた。

とうとう、俺の理想のダークエルフであるエリナと一つになることができたのだ。

今までの苦労も考えると、感動もひとしおだ。

「あふっ、あんっ、あ、あぅっ……んくっ、んんっ、んぁっ……おチンポ暴れてる……んっん、んあっ、ああっ、すごい……ふぁあっ……」

エリナが何度も腰を動かすうちに、どんどん彼女の中が愛液で潤っていく。

それによってペニスの動きがスムーズになり、膣内がほぐれていくのがわかる。

おかげでさらに俺のモノに与えられる快感が増していった。

「エリナ、もっと腰の動きを激しくできるか？」

「んっ、んくっ、やってみる……はふっ、あ、あんっ……ああっ、あ、あふっ……んぁっ、ん、んうっ……！」

俺のリクエストに応えて、エリナが腰のグラインドを激しくしていく。

そのたびに、エリナの大きな胸がぶるんぶるんと揺れていた。

たまらずに、俺はその胸を下から支えるように手を伸ばす。

「あっ、こら、胸を弄るな……やんっ、ん、んくっ……はふっ……」

「エリナの乳首、こりこりになってるぞ」

「つ、摘んだら駄目だ……あんっ、あ、あぁっ……あっ、あくっ、ん、んあぁっ……」

「乳首で感じるんだ？　引っ張るたびに、膣内がぎゅうぎゅう締めつけてくるよ」

「そ、そんなにされたら、腰、うまく動かせない……ひゃうっ……あぁっ、あ、あうっ……ふぁあっ、ん、んんっ……んくっ……！」

柔らかで張りのある胸を遠慮なく揉んでいく。

新しい刺激を与えられたからか、エリナの膣内がさらに愛液で潤っていた。

ずちゅずちゅと音を立てながら、いやらしく俺のモノが出入りしている。

「うまく腰が動かせないなら、手伝ってあげるよ」

「ふあぁっ、そ、そんな、下から突き上げちゃ……ひゃうっ！　あんっ、ん、んんっ、んあぁっ……は、激し……ひうぅっ‼」

ガチガチに硬くなったペニスで、容赦なく下から突いてやる。

先端が行き止まりにぶつかるたびに、エリナがびくびくっと背中をのけ反らせた。

「はぁはぁ、あんっ、あ、ああっ、す、すごい……んっんっ、んぁっ、あ、あぁっ、あふっ、あ、あうぅっ……！」

いつしか俺たちは夢中になって互いを求め合っていた。

ぬるつく膣内がこれでもかと俺のモノを締めつけてくる。

「エリナ、どうだ？　俺のチンポは」

「あぁっ、き、気持ちいい……こんないいのは、初めて……ひゃうっ……あんっ、あ、あくっ……んあぁっ」

表情を蕩かしながら、エリナが嬌声を上げる。

アソコはペニスで突きほぐされ、すっかりトロトロになっていた。

熱くぬめる膣内を、カリ首でえぐるようにしながら往復していく。

「んっんっ、奥まで届いてる……赤ちゃんの部屋に当たってて……ひぐっ、声、出ちゃう……あんっ、あ、ああっ……」

「エリナの中に、たっぷり出してやるからな……！」

そもそもの目的は、子作りなのだ。

こんな理想のダークエルフ相手に種付けできることに、自然と腰の動きが速さを増してしまう。

「やっ、まだ激しくなって……んああっ、あ、あぁっ、ダメっ、そんなにされたら、私のおまんこ、壊れちゃう……んんっ、んぁあっ」

「ほら、こうされるのがいいんだろ？」

俺は奥をズンズンと突いていく。

そのたびに、アソコから愛液が飛び散っていた。

「あぁっ、あ、あんっ、あ、あふっ……はぁはぁ……ん、んんっ、んぅっ……あ、あぁっ、す、すごすぎるぅ……あぁっ、あ、あんっ、感じすぎて、おかしくなるっ」

「いいよ、おかしくなって。そらそらっ！」

「ふぁぁあっ、ダメダメっ、んあぁっ、ん、んくっ……本当におかしくなるぅっ！　あんっ、あくっ、ん、んんーっ！」

エリナが悲鳴のような嬌声を上げる。

膣内がわななき、これでもかとペニスに吸い付いてきていた。

どうやら限界が近いと悟った俺は、ゴール目掛けてラストスパートをかける。

「ひぁあっ、んっ、んぁあっ、ダメダメっ、は、激し……もう、私、イッてしまうっ！　ああっ、あ、あ、イクイクイクっ!!」

「っ……!!」

大きく背中をのけ反らせながら、エリナが強烈なまでの勢いで俺のモノを締めつけてきた。

そのあまりの刺激に、俺にも一気に限界が訪れる。

ふたりめの妻となってくれた彼女の一番奥で、遠慮なく射精していた。

「ふあぁぁあっ！　す、すごい、お腹の中にドクドクって、精液注がれてるぅ……ひあぁっ、あ、ああっ」

凄まじい勢いで俺の精液がエリナの子宮を満たしていく。

ぬるぬると絡み付いてくる膣肉を前に、俺は気だるい満足感を味わっていた。

「はぁはぁ、すごかった……私をこんなに感じさせるなんて、さすがは稀人だな……」

荒い息を吐きながら、彼女もどこか満足したような口調で言う。

俺はそんなエリナに向かって問いかけた。

「なあ、何かあったのか？」

「ん？　何か、とは？」

「いや、いきなり俺に身体を許してくれたときさ。前はその、嫌そうだったし」

「ああ、そのことか……なんということはない。私が単に誤解をしていただけだ」

「誤解？」

「そうだ。今までずっとお前のことを卑劣でろくでもないクズ人間だと思っていた」

「ちょっ、なんでそんなことに！」

そんなふうに思われるようなことを、した覚えはないのだが……。

「だから、それは誤解だったんだ。すまない。実はエルフの長老にお前に尽くすように命じられていてな。断れば、我々の一族を追放すると……」

「なんだって！　長老、そんなことを!?」

「やはり、知らなかったのだな」

「当たり前だ。俺の大好きなエルフ相手に、そんな脅迫みたいな真似はしたくない！」

俺は声を大にして言う。すると、エリナがくすりと笑った。

「本当にメルヴィの言っていたとおりなのだな」

「え？　メルディは、俺のことなんて言ってたんだ？」

「ヤスヒロは、純粋にエルフのことが大好きなだけ。それ以外にはなにも考えていない、と」

「メルヴィのやつ……」

それだと俺が、エルフ大好き人間みたいじゃないか。

まあ、何も間違っていないんだが。

「だが、彼女のおかげでお前のことを誤解していたこともわかった……その、今日の昼は助けてくれてありがとう。改めて礼を言う」

「気にするなって。あの時も言ったけど、自分の嫁さんを守るのは当たり前だろう」

「そうか……では……これからもお前の嫁として、私を守ってくれるか？」

「ああ、もちろん」

「だったら、末永くよろしく頼む」

どこか照れたように、エリナが言う。

つまり俺の嫁になることを、心の底から認めてくれたというわけだ。

そのことに、ペニスがみるみるうちに硬さを取り戻していた。

「エリナ！」

「きゃっ⁉」

思わず俺は彼女の身体を押し倒していた。

そして、じっと瞳を見つめる。

「一生大事にするよ。だから、俺の子供を産んでくれ」

「ああ、お前の子供なら何人だって構わない……孕ませてくれ」

「よーし、今から妊娠するまで子種を注ぎ込んでやるからな！」

「あっ、あんっ、二回も出したのに、まだ大きい……んっ、んんっ……」

俺は愛液と精液でぐちゃぐちゃになったエリナのおまんこに、ペニスを突き入れる。

そして彼女がぐったりとして気絶するまで、イカせまくったのだった。


「あっ、んあぁっ……も、もう、だめぇ……」

「……あれ、やり過ぎた？」

アソコから精液を溢れさせながら、ぐったりとするエリナを見下ろして呟く。

なんにしても、こうして俺の嫁がひとり増えたのだった。

第三章 エルフ嫁には大満足！

空は真っ青に晴れ渡り、頬をくすぐる風が心地良い。

大きく息を吸うと、胸のなかが爽やかな森の空気でいっぱいになった。

今日俺は、メルヴィ、エリナと一緒に周辺に魔物がいないかの探索……という名目のピクニックを行っていた。

「いやー、晴れてよかったなー」

「ふふ、本当ね」

「ふたりとも、気を抜くなよ。この辺りはいつ魔物が出てもおかしくないんだぞ」

「真面目だなー。エリナは。大丈夫だって」

「ええ、今のところ魔物の気配はないわ」

目を閉じて、意識を集中させた様子でメルヴィが言う。

今の彼女は、俺の力で感覚が強化されていた。

「でも、まさか俺にこんな力があったなんてなぁ」

エリナとの初夜を終え、正式に嫁に迎えたところで、メルヴィが稀人の『特性』について教えてくれたのだ。

なんでもこの世界に召喚された人間は、それぞれ固有の能力を持つらしい。

そして俺の能力は『ブースト』。

その名前のとおり、自分や、他人の能力を極限まで強化することができるのだ。

この前の魔物を倒すことができたのも、自分の力をブーストしたおかげだ。

「それにしても、そんな力があるならもっと早く教えてくれればよかったのに」

「ごめんなさい。どんな能力なのかわかるまでは、静かに見守るのが私たちの掟なの」

「ふーん、なるほど」

あくまで自然の流れに任せるのがエルフっぽい。

「まあ、とにかくこの力があれば魔物も怖くないよ」

「確かにそれはそうかも知れないが、油断は禁物だぞ」

「本当にエリナは真面目だなぁ。ほら、もっとリラックスして」

「ひゃっ！　こ、こら、おっぱいを揉むな！」

エリナの性格も、このおっぱいぐらい柔らかくなればいいのに……。

「ふふ、ふたりともすっかり仲良くなったわね」

「そりゃまあ、夫婦だからな」

「私はからかわれているだけのような気もするが……」

「そう？　とっても仲良しに見えるけど」

「もちろん、メルヴィのことも愛してるぞ」

俺はそう言うと、メルヴィのおっぱいも揉む。

うむ、エリナに勝るとも劣らない柔らかさと弾力だ。

「あん、もう、康弘ったらエッチなんだから」

「仕方のないやつだな」

「そんなこと言って、ふたりだって嫌いじゃないだろ？」

「まあ、それは……どちらかというと好き、かな」

「私も……だが、ここではしないぞ。お前とすると、いつも失神するまで責められてしまうからな」

少し困ったような顔でエリナが言う。

確かに最近は、ふたりとセックスするときは、ブーストで自分の体力と相手の感度を強化している。

そのおかげで、メルヴィもエリナも乱れまくりだった。

「うーん、でもせっかくこうしてピクニックに来たことだし、セックスしたいな」

「どういう理由だ、それは。私は絶対にしないと言ったら、しないぞ」

「そう？　私はちょっと興味あるけど」

「メ、メルヴィ、お前……！」

エリナがメルヴィの言葉にびっくりした顔をしていた。

「じゃあ、こういうのはどうだ？　俺の力でふたりの体力を強化するよ。そうすれば気絶しなくなるんじゃないか？」

「あら、良い案だと思うわ」

「うむ、それなら大丈夫か……？」

「よし、決まりだな。じゃあさっそく試しみよう！」

「こ、こら、まだするとは言っていないぞ」

「まあまあ、せっかくだし、いいじゃない」

「メルヴィまで！　やめろ、服を脱がすな！」

などと言いながらも、エリナも本気で抵抗しているわけではない。

俺たちはそのまま、野外で３Ｐとしゃれ込むことにした。

＊　＊　＊

「あらあら、本当に始めちゃったわね……」

私は遠視の魔法で様子を見ながら、呟く。

いくら森の奥で、辺りに人気《ひとけ》がないとはいえ、エッチし始めちゃうなんて……。

「あのメルヴィだけじゃなく、エリナまでなんて、よっぽど魅力的な男なのかしら？」

噂で聞いた限りでは、かなりセックスのテクニックは上手いらしい。

何でもふたりとも、すでにメロメロだとか……。

「あの様子だと案外デマってわけでもなさそうね」

既にふたりとも稀人の愛撫で乱れきっていた。

ここが野外だということも忘れた様子で、自分から求めている。

「ふーん、ちょっと興味が出てきたかも……」

私にとっては一族の血を守るだとか、そんなことはどうでもいい。

だから稀人なんて正直興味はなかったのだけど……。

長老の肩腕だったメルディ。ダークエルフでも一目置かれる戦士のエリナ。

あのふたりをあそこまで乱れさせる男となれば話は別だ。

ここはぜひ一度、『お手合わせ』をお願いしたいところね。

私は舌なめずりをしつつ、今後の参考のために三人がエッチしているところをじっくりと見させてもらった。

＊　＊　＊

「……暇だな」

ひとりきりの部屋で、俺は呟く。

エリナは警備兵としての仕事、メルヴィは長老に定期報告に行ってしまっている。

つまり、いま、この家には俺ひとりしかいないのだ。

どこかに出かけようかと思ったが、特に目的もなかったのでベッドの上でごろごろしているというわけだ。

まあ、たまにはこんなのもいいか……。

「すみませーん！」

「ん……？」

そんなことを考えていると、不意に家の外から聞きなれない声が聞こえてきた。

続いて、ドンドンと扉を叩く音も……。

「誰か来たみたいだな」

「あのー、誰かいませんかー？」

「はいはい、いま行きますよ！」

俺はベッドから起き上がると、急いで玄関に向かった。

「どちらさまですか？」

玄関の扉を開けると、そこにはひとりの女性エルフが立っていた。

どことなく色気が漂う、大人の女性といった感じだ。

思わず、その大きな胸に視線を奪われてしまう。

これは、メルディたちと比べても一段とエルフらしからぬ肉感的な身体だな……。

「あのー？」

「あっ、す、すみません、えっと……何の御用でしょうか？」

胸から視線を外すと、俺は改めて女性の顔を見る。

ピンと尖った耳と、色白な肌。

整ったその顔立ちは、メルヴィとも並ぶほどの美形エルフだった。

「突然ごめんなさい、私、カタリナっていうの。はじめまして」

「えっと……はじめまして……」

「貴方、稀人の田辺康弘よね？」

「ええ、まあ、そうですけど」

自分で言うのもなんだが、俺のことはエルフの間ではすっかり話題になっていた。

だから、彼女が名前を知っていても驚きはしないのだが……。

「今日は貴方にお願いしたことがあって来たの。とりあえず、お邪魔させてもらってもいいかしら？」

「あ、はい、どうぞ」

「それじゃ、お言葉に甘えて」

カタリナと名乗ったエルフが、家の中に入ってくる。

不用心かとも思ったが、美人のエルフに悪人はいない。

俺はひとまず居間まで案内することにした。


「大したものはありませんけど、良かったらどうぞ」

「あら、ありがとう」

俺はカタリナに、お茶とお茶菓子を出す。

それから向かい合うように椅子に腰掛けると、改めて問いかけた。

「それで、ご用件のほうは？」

「ええ、実は私とセックスしてほしいの」

「んぐっ⁉　げほげほっ」

「あらあら、大丈夫？」

ちょうどお茶を飲もうとしていた俺は彼女の予想外の発言に、むせてしまった。

そんな俺の背中を、立ち上がったカタリナがさすってくれる。

「え、ええ、大丈夫です……って、それより、いま、なんて？」

「セックスよ、セックス。もう、女性にそんなこと何度も言わせないでよ」

そうは言うものの、ちっとも恥ずかしそうじゃない。むしろ楽しそうだ。

普段は自分がこんなノリなのだろうが、逆となると驚いてしまう。なにせ、相手は慎ましい美人エルフのはずなのだ。

「えーと、からかってるんですか？」

「まさか、わざわざこんな冗談を言うために訪ねてきたりしないわよ」

カタリナはにこっと笑うと、俺に身体を寄せてくる。

そのままむにゅりと、腕に柔らかな胸を押し付けてきた。

「あ、あの⁉」

「貴方のことを噂に聞いて、気になってね……ねえ、どうかしら？」

さわさわと俺の股間をさすってくる。

な、なんて積極的なんだ！　なにやらさっきから良い匂いがしているし……。

「どう？　私、エッチには自信があるのよ。貴方にとっても悪い話ではないと思うんだけど」

カタリナが耳元で甘い声で囁きかけてくる。

優しく吐息を吹きかけられて、身体がぞくぞくっと震えた。

俺にとってのエルフの理想はメルヴィ……なのだが、こんなエロいエルフも悪くはない。

さしずめ、エロフさんと言ったところだろうか。

うん、これはこれでありだな！

「えっと、本気なんですよね？」

「もちろんよ……それで、答えは？」

「わかりました。俺で良ければお相手します」

「よし、決まりね！　それじゃあ、早速始めましょうか。寝室はこっち？」

「ちょ、ちょっと、引っ張らないで」

カタリナは俺の手を引くと、椅子から立ち上がらせる。

そして、そのまま一緒に寝室に向かった。

「さてさて、どんなものかしら」

「あの……」

「ふふ、まずはおちんちんの味見をさせてもらうわね」

俺をベッドに腰掛けさせると、その前にカタリナが跪く。

そしてズボンから慣れた手つきでペニスを取り出していた。

そうしたかと思うと、自分も上着をまくりあげ、大きな胸を露出させる。

こうして直接見ると、本当にすごいな……とんでもない迫力だ。

「よいしょっと……」

俺がそんなことを考えていると、大きな胸でペニスを挟み込む。

柔らかで張りのあるおっぱいが、俺のモノを完全に包み込んでいた。

「思ったよりも大きいわね。サイズのほうは合格よ」

「はぁ、それはどうも」

「あ、さっきから思っていたけど、敬語じゃなくていいわよ。私、そういう堅苦しいの苦手なの」

「そうなんだ、わかったよ」

「うん、それそれ、良い感じ」

にこっと笑ったかと思うと、カタリナが口を開いて舌を出す。

そうして、胸に挟んだペニスに唾液を垂らしていった。

ぬるりと生暖かい感触が伝わってくる。

「うくっ……」

「あは、おちんちん、ビクってした……んんっ……」

十分に俺のモノが唾液で濡れたのを確認すると、カタリナがおっぱいを上下に動かしてしごきはじめた。

ぬるぬるとしていて柔らかな感触から与えられる刺激が、かなり気持ちいい。

「んっ、貴方のおちんちん、私のおっぱいの中で暴れてる……んくっ、ん、んんっ……れるっ……」

「うぁっ……！」

カタリナが舌を突き出したかと思うと、ペニスの先端にある穴を弄くってきた。

突然の刺激に腰が跳ねてしまう。

そんな俺のペニスを逃すまいとするかのように、ぎゅっとおっぱいで押さえてくる。

「さっきより大きく硬くなってる……ドクドクって脈打ってるの、よくわかるわ……ちゅっ、れるるっ……ぴちゅぴちゅ……」

しばらく穴の部分を弄っていたかと思うと、次はカリ首の部分を舐めてきた。

ねろりと舌がまとわりついてきて、声が出てしまいそうになる。

これは……かなりうまいぞ。

「どう？　私のテクニック、なかなか上手でしょ？」

「あ、ああ……」

そんな俺の心を読んだかのように、カタリナが聞いてくる。

俺はこくこくと頷いて答えた。

それを見て、さら責めを激しくしてくる。

「ふふ、もっともっと気持ちよくしてあげるわね」

「うあぁっ……!!」

裏スジの部分を舐めながら、竿の部分を乳首で刺激してくる。

むっちりとした乳圧を前に、精液が金玉からせり上がってくるのがわかった。

「んちゅっ、ちゅぱちゅぱ……ちゅっ……れるるっ……ぴちゅぴちゅ……ちゅっ……」

「くっ、そ、そんなにされたら、出る……出るよ!」

「えっ？　きゃっ」

俺のモノが彼女の胸の中で激しく暴れながら、精液を放っていた。

ドクドクと凄まじい勢いで、カタリナのおっぱいと顔を汚していく。

「何よ、もうイッちゃったの?」

「いやー、カタリナのおっぱいと舌があまりに気持ちよすぎて」

「……ちょっと期待しすぎたかしら。メルヴィとエリナを落とすぐらいだから、もしかしてと思ったんだけど」

少しがっかりしたような口調で、カタリナが俺から身体を離す。

「ごめんなさいね、いきなり無茶なお願いをして。残念だけど、今日はこれで失礼するわ」

「帰るのか？　どうして?」

「どうしてって、貴方もう射精しちゃったじゃない」

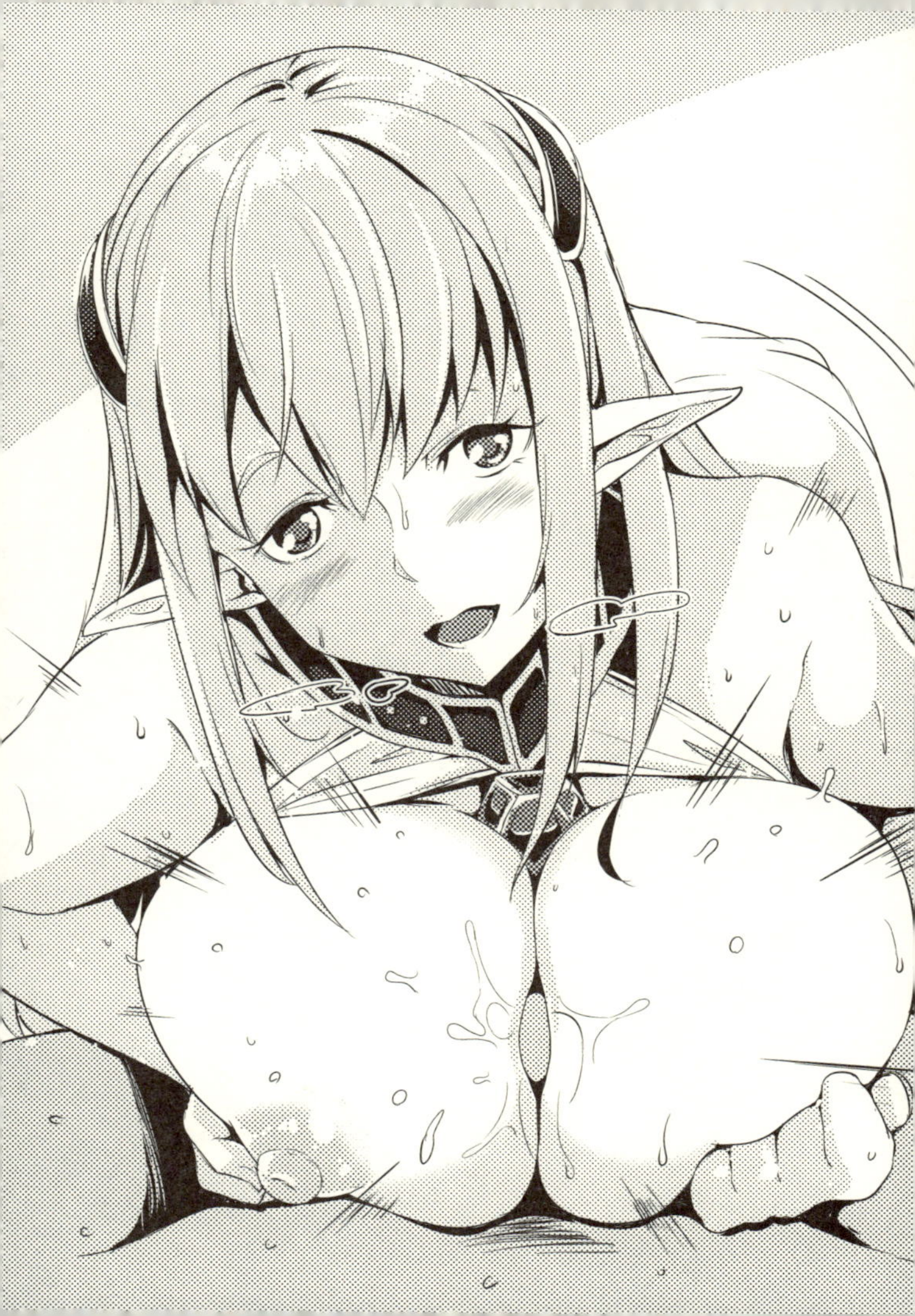

「はは、一回ぐらい、どうってことないよ」

「何を強がって……って？　嘘、まだ大きいままなの？」

俺の股間が勃起したままなことに気づいて、カタリナが驚きの表情を浮かべる。

もちろんこれは『ブースト』によるものだ。

今の俺は、性欲と射精するまでのスピードを強化しており、何度でもイクことができるのだ。

子作りをするにはもってこいの力と言えるだろう。

「俺はまだ全然満足していないんだ。誘ってきたのはそっちなんだから、最後まで付き合ってもらうよ」

「あっ、ちょっと……」

俺はカタリナをベッドに押し倒す。

そして足を大きく開かせると、股間の部分の下着をずらした。

剥き出しになった綺麗なアソコを、指先で弄ってやる。

「あんっ、本当にまだできるの？」

「もちろん。ほら、君の中に入っていくよ」

ペニスの先端を膣口にあてがうと、俺はゆっくりとエルフ穴に挿入していく。

「あぁっ、あんっ、すごい……本当に……大きくて硬いままで……んっ、んんっ、んあっ……」

膣肉をかき分けるようにしてゆき、やがて全部が彼女の中に挿入し終わった。

その途端に、カタリナの膣内がぎゅうぎゅうと締めつけてきた。

「よし、俺のモノが全部入ったよ」

「んくっ、わ、わかる……貴方が私の中にいるのが……あんっ、あ、あふっ……」

俺はじっくりと、彼女の中を味わうように腰を動かし始める。

にゅる、にゅるっと、喜びに震えた膣肉が絡みついてくるのがわかった。

「んんっ、さっき射精したとは思えないぐらい、大きくて、立派……貴方のおちんちん、すごいわ……」

「まだまだこんなものじゃないよ」

「えっ、う、嘘!?　まだ、私の中で大きくなってるぅ！」

『ブースト』の力で、ペニスのサイズと硬さを強化してやる。

そうすることで彼女の膣内が、俺のモノでみっちりと埋まってしまった。

「んぁっ、あっ、あぁっ、こ、これ、すごい……私の中、貴方のおちんちんでいっぱいになっちゃってるぅ……ひうぅっ……！」

きつきつのおまんこの中を、ごりごりと擦るように往復していく。

引き抜く時に膣肉が、どこまでも俺のモノに吸い付いてきていた。

「やあぁっ、気持ちいいところ全部擦れて……あぐっ、ん、んうぅっ、おまんこ、裏返っちゃう……ひゃあんっ‼」

ピストンを繰り返していくうちに、彼女のおまんこが愛液でぐちょぐちょになっていく。

奥を突くたびに、膣内がひくひくと震えていた。

俺は取りあえず、一番奥で遠慮なく射精する。

「ふあぁぁあっ⁉　あっ、あぁっ、出てるぅ……ふあぁっ、人間精液、子宮の中に注ぎこまれてるぅ……！」

「ふぅ、カタリナの中、滅茶苦茶気持ちいいよ。これなら何度でも射精できそうだ」

「あっ、嘘っ、射精しながら、おちんちん動いてるっ。おまんこに、精液擦り込まれてるぅ！　ひぐっ、ん、んんっ、んあっ、あ、あふっ、あぁっ‼」

ぐちゅぐちゅと音を立てながら、俺はひたすらカタリナの中を往復していく。

熱くとろける膣内が、ますます喜んでいるかのようにペニスを締めつけてきていた。

「す、すごい、こんなの、初めてなのぉ……あぁっ、あんっ、ん、んあぁっ、気持ちいいところ全部擦れて、はぐ……ふぁっ……んあぁっー！」

「カタリナのおまんこ、俺のモノをすごい締めつけてきて、放したくないって言ってるみたいだ」

「だ、だってぇ、このおちんちん、良すぎるんだものぉ……あぁっ、今日初めてあった男の人……しかも人間に、種付けセックスされちゃってるのぉ」

「おいおい、そっちから誘ってきたんだろ？」

「そ、そうだけど、ちょっと試してみようと思っていただけなのぉ……だけど、私の身体、本気になっちゃってる……子宮が貴方の子種……ほしがってるのっ……！」

「確かに子宮が降りてきてるな。ほら、チンコが当たってるのがわかるかい？」

俺はペニスの先端で、勢いよく子宮口を突いてやる。

そのたびに、カタリナが背中をびくびくっとのけ反らせた。

「あぁっ、わかるっ……赤ちゃんの部屋におちんちん当たってるぅ……ふぁっ、んっんっ、ん、んあぁっ、あ、ああっ！」

ペニスの先端に、受精へと積極的な子宮口がちゅうちゅうと吸い付いてくる。

射精を求めるその動きに応え、俺はもう一度発射した。

「ひあぁっ！　あ、あくっ、また出てる……やぁっ、すごい量……こんなに入りきらない……溢れちゃう……！」

「おまんこがぎゅうぎゅう締めつけてきて、もっともっと精液をくれって言ってるよ」

「だ、だめ、これ以上出されたら本当に妊娠しちゃうぅ……んあぁっ、ん、んひぃっ……んんーっ」

「赤ちゃんほしいんだろ？　しっかり種付けしてやるからな」

「あぁっ、嘘っ、まだ大きいままなんて……やぁっ、おまんこ、かき混ぜられちゃってる……ひゃんっ……ふぁあっ、あ、あくっ、あ、あんっ、んあぁっ!!」

ペニスを出し入れするたびに、おまんこから精液が飛び散っていく。

今日会ったばかりの最高レベルなエルフ美女を相手に、もう種付けセックスしているのかと思うと、ひどく興奮してきた。

俺はさらに激しくピストンを加速させていく。

膣壁をえぐるようにカリ首で擦ってやった。

「ふぁぁぁっ! あっあっ、あんっ、あ、あうっ、す、すごい……こんなの、初めてぇ……あうっ、わ、私、変、変なのぉ……!」

「変って、どんなふうに?」

「身体の奥が熱くって、なにかきちゃいそう……んっん、んあぁっ、ん、んくっ、ひゃんっ……ふあぁっ、あ、あひっ、あ、あぁっ、んくぅっ!!」

「それは、イキそうなんだよ」

「イ、イク? 私が? ああっ、あんっ、い、今まで誰としてもイッたことなんかないのにぃ……! んんっ、ふあああっ!」

「そうなのか。よし、じゃあこれが初イキだなっ」

俺はそう言いながら、腰を回転させるように動かす。

ぐりぐりとペニスが膣内をかき回すように刺激していた。

「んくぅっ！　それ、すごすぎっ……やぁっ、イクっ、イッちゃうっ！　人間にイカされちゃうっ！　んああああああああぁあああっ‼」

ぎゅぎゅっと痛いほど膣内が俺のモノを締めつけてきた。

同時に大量の愛液が噴出する。

ベッドのシーツを握り締めながら、激しく腰を跳ねさせてイッていることがわかった。

そんな姿を目に、思いきり精液を注ぎこんでやる。

「ふあぁぁっ⁉　あっ、かはっ……絶頂おまんこに、精液注ぎこまれてるぅ……ひぐぅっ、これ、イクの止まらないぃぃ……んうぅぅうっ！」

子宮に精液を注ぎ込まれながらも、再びカタリナが絶頂を迎えているようだった。

最後の一滴まで出し終わったところで、俺はまたピストンを再開する。

「やっ、うそっ……まだ、硬いの？　んっんっ、んぁっ、こんなぁ……おかしくなるぅ……はひっ、おちんちん、すごすぎぃ……ふあぁっ！」

『ブースト』の効果で俺の性欲は、止まることを知らなかった。

まったく硬さも大きさも失わないまま、容赦なくカタリナの中を往復していく。

「やあぁっ、んっん、んくっ、んっ、んあぁっ、あ、あぐっ、あ、あぁっ、もう、お腹の中、貴方の精液でいっぱいだからぁ。あひっ、ああっ、あんっ！」

ぐちゅぐちゅと音を立てながら、貪欲なまでに彼女の中を味わう。

すっかりとカタリナの表情はとろけきり、快感に溺れているのがわかった。

「はぁはぁ……あぐっ、あっあっ、あんっ、あひっ、ん、んうぅっ……これ以上されたら、おちんちんの味、忘れられなくなっちゃう……んんっ！」

「いいな、それ。俺のチンポの味をしっかりとおまんこに覚えさせてやるよ」

「ふあぁっ、ダメぇっ、ひあぁっ……稀人チンポしゅごいのぉっ。あぐっ、あ、あぁっ、あ、あひっ、奥突かれると、頭の中、真っ白になって……ひぐっ、ん、んんーっ!!」

俺はひたすらに腰を動かす。

全身が燃えるように熱くなり、ただひたすらにカタリナの身体を求めていた。

「あぁっ、あくっ、あ、あんっ、イクっ……おまんこ擦られて、またイクっ……！　ひあぁっ、あ、あくっ、あ、あんっ、あ、あひっ!!」

カタリナがまたしても絶頂を迎えていた。

まるで雑巾でも絞るような動きで、極まった膣内が俺のペニスを締めつけてくる。

その刺激に俺はまた射精していた。

「んあぁあっ、あっあっ、また射精してる……本気の種付けセックスされちゃってる……ひぐっ、ん、んんっ、んあぁあっ、んくっ」

ペニスを限界まで引き抜き、そして一気に奥まで突き入れる。

彼女のおまんこはぐちょぐちょになっていた。

膣内が何度も収縮を繰り返し、イキ続けていることがわかる。

「よし……とりあえず、これで最後だ……！」

「あぐっ、あ、あひっ……もう入らないぃ……ひあっ、あ、あふっ、あ、あぁっ……」

俺はとどめとばかりにカタリナの膣内に射精した。

全部出し終わったところで、やっとペニスを引き抜く。

その途端に、ごぷりと大量の精液があふれ出してきた。

「うわっ、我ながらすごい量だな」

「あひっ、あ、あぁっ……中出ししゅごすぎるのぉ……ひうぅっ……」

ぴくぴくっと身体を震わせながら、カタリナが力なく笑う。

自分もここまでやるつもりはなかったのだが、つい夢中になってしまった。

それからしばらくの間は、カタリナが落ち着くのを待つのだった。


「ふぅ……すごい目にあったわ……」

「いやー、悪い悪い。つい、熱中しちゃって」

「謝らなくてもいいわ。セックスしてほしいってお願いしたのは私だし」

ようやく意識がしっかりしたカタリナが、俺の言葉にそう答える。

シーツは、精液と愛液まみれで先ほどの行為の激しさを表していた。

「それで、俺のセックスはどうだった？」

「噂どおり……いいえ、それ以上だったわ。あんなに気持ちいいのは初めて……私、貴方のこと気に入っちゃった」

そう言ってカタリナが俺の頬を撫でてくる。

「ねえ、私も貴方のお嫁さんにしてくれない？」

「えっ？」

「まさか、あれだけ散々中に出しておいて、嫌だなんて言わないわよね？」

俺としては当然、エルフであるなら来るものは拒まずだ。

「君が良いのなら、俺は構わないけど」

「決まりね！　じゃあ、後で改めてくるから、そのときはよろしく！」

「あ、おい」

それだけ言うと、カタリナは身だしなみを素早く整えて、部屋を飛び出して行ってしまった。

なんというか自由というか……嵐のような女性だったな。

「やっほー、旦那様、約束どおり来たわよーっ！」

「カ、カタリナ？」

勢いよく玄関の扉が開いたかと思うと、カタリナが居間に入ってきた。

突然の闖入者に、メルヴィとエリナがびっくりした顔をしている。

「あら、今日は皆さんおそろいで」

「あなたは……カタリナ？　どうして、ここに？」

「むむ、旦那様から話を聞いていないの？　今日から私も、お嫁さんになるからよろしくね」

「な、なんだって？　どういうことだ、ヤスヒロ」

「あー、そういえば言ってなかったっけ」

昨日はさすがにセックスのしすぎで疲れて、あのあと泥のように眠ってしまったんだよな。

「実は、昨日こんなことがあって──」

俺はメルヴィとエリナに、カタリナのことを包み隠さずに話した。

「というわけで、嫁になってもらうことにしたんだ」

「そうなの。長老の許可もちゃんともらってきたから、よろしくね！」

にこっと笑いながら、カタリナが言う。

行動が早いというか、なんというか……。

「しかし、なんだって急に、その……ヤスヒロとセックスしようなんて思ったんだ？」

エリナがもっともな疑問を問いただす。

「あー、それは色々と噂を聞いて気になってね」

「……この前、私たちのことを、魔法を使って見ていたのは貴方ね？」

「あら、気づいてたんだ？　凄かったわね、貴方たちのセックス。おかげでより興味を持っちゃったわ」

「なっ、いつの話だ、それは⁉」

「ほら、この前、三人でピクニックに行ったとき……」

「あのとき見ていたのか⁉　お前！」

「てへ」

エリナが問い詰めると、カタリナが可愛らしく舌を出して誤魔化す。

感覚を強化していたメルヴィだから気づいたんだろう。

「うぅ、あれを見られていたなんて……」

「とっても気持ち良さそうだったわよ、エリナ」

「だ、黙れ！　そしてすべて忘れろっ‼」

「やだ、そんな恥ずかしがらなくてもいいのに」

顔を真っ赤にしているエリナを前に、カタリナがくすくすと笑っている。

おお、あのエリナが手玉に取られている……。

「しかし、自由奔放で特定の相手を作ろうとしなかったお前が、どういう風の吹き回しだ？」

「それはまあ、彼のチンポがすごすぎてメロメロにされちゃったのよ。貴方たちと同じようにね」

「別に私たちは、彼のおちんちんで嫁になろうと決めたわけじゃないわ」

「そうだぞ、メルヴィの言うとおりだ」

「ふうん？　まあどっちにしても、私も康弘のお嫁さんになるわけだから、これからよろしくね」

「そうね、よろしく」

「ふむ……メルディがいいなら。すでに決まったことなら仕方がない。よろしくな」

こうして、カタリナはすんなりとふたりに受け入れられた。

エリナのときもそんな感じだったし、その辺り、エルフ族は重婚にも寛容みたいだ。

「そうと決まれば、色々と必要なものを揃えないといけないわね」

「ああ、確かに……そういえば、カタリナ、お前、荷物は持ってきていないのか？」

「うん、私、基本的にあちこち旅してるから、これといった持ち物はないのよね」

「へー、そうなんだ」

カタリナって、かなり自由な感じのエルフなんだな。

それも彼女の魅力の一つかもしれない。

「だったら取りあえず買い物に行きましょう」

「え～、別にこの家にあるものを使わせてもらえばいいわよ～」

「そういうわけにはいかないだろう。第一、着替えはどうするつもりだ」

「それこそ服を貸してもらって……って、サイズが合わないか、ごめんごめん」

確かにカタリナの胸のサイズだと、ふたりの服ではきつそうだ。

「……康弘？　いま、何を考えたの？」

「言っておくが、あいつの胸が大きすぎるだけだぞ」

「大丈夫、わかってるって」

そう答えつつも、カタリナの胸をまた見てしまう。

うーむ、今日も大迫力だ。

「なあに？　康弘。触ってみる？　いいわよ」

「いいんですか!!」

「や・す・ひ・ろ」

「お前と言うやつは……」

「やだな、冗談だよ、冗談。それより買い物に行こうぜ」

「誤魔化したわね」

「誤魔化したな」

うぅ、ふたりから冷たい目を向けられている。

仕方が無いんだ。大きな胸には男のロマンが詰まっているんだ……。

「まあまあ、いいじゃない。それより買い物に行きましょうよ」

明るい調子でカタリナが言うと、俺の腕に自分の腕を絡めてきた。

必然的にその大きな胸がひじに触れることになる。

「おおっ……」

「なに鼻の下を伸ばしてるのよ、康弘」

「やれやれ……」

「い、いいから、ほら行こう」

とにもかくにも、新しい嫁が増えたということで、みんなで買い物に行くことになった。

エルフは寛容かもとさっきは思ったけど、意外とそうでもないかも……。

まあ、やきもちを焼かれるのも、これはこれで嬉しかったりするけど。

「わ～、街に来るのって久しぶりかも」

中央の市場まで来たところで、カタリナが感心したような声を上げる。

物珍しそうにきょろきょろと辺りを見回していた。

「あまり買い物とかに来たりしないのか？」

「ええ、旅に必要なものはだいたい行商人から手に入れていたし」

「なるほど……そういえばカタリナはけっこう、旅をしているんだよな」

「そうよ。一つのところに留まるのって苦手だから」

来る途中でもいろいろ聞いてみたところ、やはりカタリナは行動派のエルフのようだとわかった。こうして話していても、確かにそんなイメージはする。

じっとしているのは苦手そうというか。

「その、俺の嫁さんになった後はどうするつもりなんだ？」

「なに？　私がどこかに行かないか、心配なの？」

「まあ、旅に出たいなら止めるつもりはないんだけどさ」

できるだけ個人の自由は尊重したい。

ただ、結婚して早々、旅に出られるのも寂しいものがある。

「心配しなくても大丈夫。私は旦那様のそばを離れるつもりはないから」

そう言ってぎゅっと腕を組んでくる。

「自由な風とまで呼ばれたお前が、ずいぶんな変わりようだな」

「それだけ旦那様が素敵ってことよ」

「まあ、それはわからないでもないけどね」

「ああ、そうだな」

　そこで二人揃って納得されると、ちょっと照れくさいものがあるんだが。

「ふふ、誰が一番最初に子供ができるか競争しましょうね」

「ちょっと、子作りは神聖なものよ？　そんな競い合うようなものではないわ」

「メルヴィの言うとおりだ。子供を宿すかどうかは、自然の摂理が決めることだ」

「なーんだ、張り合いないの。この分だと、私が一番乗りかしら」

「だから、競い合うものじゃないと言っているでしょう」

「でも、子宮に精液を注ぎこんでもらうのって最高に気持ちよくない？　女としての本能が満たされるっていうか」

「こんなところでなんの話をしているんだ、お前は」

「本当よ、まったく」

「そんなこと言ってふたりだって、私の気持ち、わかるでしょ？」

「う、それは……」

「まあ……」

「うんうん、そうよね。あのおちんちんの良さを知ったら、他のことなんてどうでもよくなっちゃう」

カタリナの言葉に、周囲の視線がこちらに向く。

思いきり注目されているよな、これって……。

「こほん、声が大きいぞ、カタリナ」

「あら、いいじゃない、本当のことなんだから。あー、早く赤ちゃん欲しいな」

「本当に変わったな、お前」

「そりゃもう、女の幸せをたっぷり教えてもらっちゃったから」

実に嬉しそうにカタリナが言う。

ますます周囲の視線が集まっている気がするが、もう好きにしてくれ。

そんなことを考えつつ、俺たちは買い物を続けていった。


「うん、こんな感じかな」

「これまた、ずいぶんと買い込んだわね」

カタリナが買った物を見て、メルヴィが半ば呆れた顔をする。

「一つのところに留まるのって初めてだから、よくわからなくて」

「まあ、生活に必要なものだからな。いくらあっても困るということはないだろう」

「そうそう、康弘のおかげでお金に困ることはないし」

この街で暮らすにあたって、俺は長老から十分すぎるほどの援助を受けていた。

これも余計なストレスを感じず、子作りに専念できるようにという配慮からだ。

社畜としてあちらの世界で働き通しだった俺にとっては、涙が出るほどありがたい提案だった。

でもエルフたちと一緒に働くというのも悪くない気はするけどな。

「でも、確かにちょっと買いすぎちゃったかも。これ、持って帰れるかしら？」

「ああ、それなら問題ないよ」

そう言って俺は、カタリナの荷物を全て手にすると、ひょいっと持ち上げる。

「わっ、康弘って見かけによらず力があるのね……」

「いや、これは稀人としての力だよ」

『ブースト』で筋力を強化しているからできる芸当だ。

「そっか、なるほど……稀人には不思議な力があるって言うものね」

さすがはエルフの一員だけあって、カタリナも知っているようだ。

俺を見て嬉しそうに笑う。

「ふふ、ますます康弘のこと気に入っちゃった」

「大丈夫か、ヤスヒロ。私も手伝うぞ」

「そうよ、それじゃ前が見えないでしょ」

「ああ、確かに……自分の荷物だし、私もいくつか持つわ」

「じゃあ、お願いしようかな」

前が見えないのは危険なので、三人にも持ってもらうことにする。

もちろん、それぞれにブーストをかけるのは忘れない。

「あら、思ったより軽いわね、これ」

「それも康弘の力よ」

「え、他人にも使えるの？　へえ、便利ね」

感心したように言うカタリナ。

確かに我ながらチートな能力だと思う。

そのまま『ブースト』を使って、全員で一気に荷物を運ぶのだった。


「ただいま～っと」

家に戻ったところで、カタリナの荷物を床に置く。

食器や日用品などを必要なところに配置していった。

「みんな、ありがとう、手伝ってくれて」

「これぐらいでお礼なんて言わなくていいわ。これから一緒に暮らす家族なんだから」

「ああ、何かあったらお前に手伝ってもらうこともあるだろう。だから気にするな」

「ええ、わかったわ」

「ところで、この服、可愛いわね」

「そうか？　肩のところがちょっと出すぎだと思うが」

「わかってないわね、そこがいいのよ」

女の子三人でなにやら楽しそうに話している。

こういうのってなんかいいよなぁ。

しかも全員エルフとなればなおさらだ。

「これって、どこで買ったの？」

「ああ、三番樹の雑貨店よ」

「ほう、あの店にこんなものが置いてあったのか」

そのあともわいわいと、楽しげにカタリナがここで暮らすための準備を進めていく。

俺はその様子をじっくりと見守らせてもらった。

やっぱりエルフっていい。すごくいい。

「それじゃ、カタリナがこれから一緒に暮らすということで、家事の分担など決めて行きたいと思います」

「はーい、よろしく」

「ところでお前、家事なんてできるのか？」

「あー、エリナにだけは言われたくないわね」

「どういう意味だ？　それは」

「こう見えても、大体のことはできるんだから。皿洗いから掃除に洗濯、食事作りまでなんでもござれよ」

どんっとカタリナが自分の胸を叩く。

へぇ、家事が得意だなんて、失礼だけど意外だな。

「だったら、最初からひとりで任せても大丈夫そうね」

「ええ、任せておいて」

「今までは私とエリナで分担していたんだけど、その間にカタリナも入ってもらうわね」

さくさくとメルヴィが話を進めていく。

こういうとき、すごく頼りになるな。

「というわけで、この日とこの日はカタリナにお願いするわ。やり方についてはそれぞれ後で簡単に説明するわね」

「了解」

「大体こんなところかしら。後はカタリナの部屋を決めなくちゃね」

「それだったら私は旦那様と一緒の部屋でいいわよ」

「ダメ。部屋はきっちりとわけます」

「えー、どうしてー？」

「それは……みんなでするのもいいけど、康弘とふたりだけで愛し合いたいときもあるでしょう？　だから、エリナとそう決めたの」

「ああ、なるほど、そういうことなら仕方ないか」

不満そうな様子のカタリナだったが、メルヴィの説明で納得したようだ。

「空いている部屋はいくつかあるから、後で案内するわね。好きなところを使っていいわよ」

「だったら、康弘の部屋に近いところがいいなぁ」

「お前、夜になったら忍び込むつもりだろう？」

「ぎくっ、そんなことはないわよ」

いま、ぎくって言った！　俺としてはいつでも大歓迎だけど。

「まあ、いいわ。取りあえず、こんなところね。他に何かわからないことがあったら、そのときに聞いて」

「わかったわ、ありがとう」

「よし、話もまとまったところで、歓迎会を始めようか」

「歓迎会？　誰の？」

「カタリナのに決まっているだろ」

「そうよ、新しく康弘のお嫁さんになったあなたの歓迎会」

「これから一緒に暮らしていくのだからな、必要だろう」

そのために必要なものも、さっき一緒に買ってある。

今夜は可能な範囲で盛大に行うつもりだ。

「私のために、わざわざ歓迎会を開いてくれるの？」

「ああ、当たり前だろう」

「遠慮は要らないわよ。エリナのときにもやったし」

「うむ、メルヴィの言うとおりだ」

「そっか、ありがとう。今までそんなことしてもらったことがないから、何だか変な感じ」

少し照れたようにカタリナが笑う。

嫌がっているわけでないことは、その笑顔から伝わってきた。

「よし、じゃあ、俺たちで準備するから、カタリナは待っていてくれ」

「えっ、私も手伝うわ」

「何を言っているの。今日の主役なんだからじっとしていて」

「そうそう、明日から嫌というほど働いてもらうんだからな」

「ふふ、それじゃお言葉に甘えさせてもらうわ」

冗談めかしたエリナの言葉に、カタリナがくすりと笑う。

こうしてその後、俺たちは楽しく歓迎会の時間を過ごしていった。


「みんな、ありがとう、とっても楽しい歓迎会だったわ」

後片付けも終えたところで、カタリナが俺たちに向かって礼を言う。

それから俺に顔を向けて、にっこりと微笑んだ。

「というわけでさっそくなんだけど、セックスしてもらえる？」

「お、おい、いきなり何を言っているんだ」

「だって私たち一族のためにも子作りは大事でしょう？」

「そ、それはそうかも知れないが……慎みというものはないのか？」

「家族の間にそんなもの必要ないでしょう」

「そういうところは自由なままなのね……」

「まったくだ」

カタリナの言葉に、ふたりが呆れたような顔をする。

礼節を重んじるエルフにとって、カタリナはちょっと変わった存在なのかもしれない。

「それで、ちょっとお願いがあるの」

「お願い？　なんだ？」

「私、今日から康弘のお嫁さんになるわけで、つまりは初夜になるでしょ？　だから、ふたりだけでエッチしたいなぁって」

「はいはい、好きにしなさい」

「ああ、今日の主役はお前だからな」

「本当？　メルヴィ、エリナ、ありがとう！」

ふたりの言葉にカタリナが表情を輝かせる。

それから改めて俺に顔を向けてきた。

「じゃあ、そういうことだから、よろしくね、旦那様」

「ご要望に応えさせて頂きますよ、お嫁様」

俺は笑顔でそう答える。

そうしてふたりだけの初夜の時間を過ごすことになった。

「んっ、ちゅっ……ちゅるるっ……ちゅっ、ぴちゅぴちゅ……」

俺の寝室で二人きりになったところで、カタリナがこの間のようにパイズリをしてくれていた。

「ふふ、また私のおっぱいでしてほしいなんて、そんなにこれ、気に入ったの？」

「ああ……最高だよ」

「それじゃいっぱいサービスしてあげないとね……れるるっ……ちゅっ……ちゅぱちゅぱ……」

「あくっ、それ、いい……！」

おっぱいで竿の部分をしごきながら、先端を舌先で強めに弄ってくる。

「んちゅっ、ちゅちゅっ……ぴちゃぴちゃ……ちゅちゅっ……ちゅくちゅく……ちゅうぅっ……」

カタリナが先端を咥えたかと思うと、強く吸ってきた。

今までとは違う刺激に俺のモノがビクビクっと反応する。

「おちんちん、すごく暴れて喜んでいるみたい……エッチなお汁も出てきたわ……れるっ……ペロペロ……」

カウパー汁を舐めとるようにカタリナが舌を動かす。

俺のモノは、彼女の唾液と自分のカウパーでぬるぬるになっていた。

胸の中で暴れるペニスを逃がすまいとするかのように押さえつけてくる。

「あんっ、この前みたいにまだ大きくなってる。んっんんっ、んぅっ……はぁっ、乳首擦れて気持ちいい……ひゃうっ……」

「くっ、カタリナのおっぱいも、とっても気持ちいいよ……」

むっちりと柔らかなおっぱいが竿全体を包み込んでくる。

張りのある弾力がなんとも言えない。

そのままこりこりに硬くなった乳首で、刺激してくる。

「んっんっ、んぅっ……なんだか私も興奮してきちゃった……んんっ、ん、んあっ……」

熱い吐息をつきながら、カタリナが俺のモノを責め立てる。

舌がねろりとカリ首の部分にまとわりついて激しい快感を与えてきた。

「ちゅちゅっ、んちゅっ、今日はなかなかイカないのね？」

「ああ、せっかくだからカタリナのおっぱいの感触を楽しませてもらおうと思って」

「ふふ、そんなに私の胸、気に入ってくれたんだ」

嬉しそうに言いながら、カタリナがさらに激しく胸を使ってペニスをしごいてくる。

先端をちゅうちゅうと吸われると、目の前が真っ白になりそうな快感が襲ってきた。

「あむっ……ちゅぱちゅぱ……ちゅるる……ぴちゅぴちゅ……れるっ……れるるっ……ん

「ちゅっ……ちゅぱちゅぱ……」

いやらしく音を立てながら、俺のモノをおいしそうに舐めまわす。

『ブースト』の効果もあってペニスがこれでもかと大きくなっていた。

「はぁ、すごい。んちゅっ、口の中に入りきらない……あぷっ、ん、んくっ……ちゅくちゅく……ちゅっ、ちゅちゅっ……」

口の端からよだれを垂らしつつ、ペニスを咥えたまま激しく頭を上下に動かす。

左右から竿の部分をおっぱいでがっちりホールドされているため、逃げ場がない。

絶え間なく与えられる快感を前に、俺のモノがびくびくと震えた。

「カ、カタリナ、ちょっとストップ」

「ぷぁっ……どうしたの？」

「そろそろ、カタリナのおまんこに入れたいんだ」

「あっ……いいわ、わかった」

そう言うと、カタリナが立ち上がる。

そして俺の身体を優しく押し倒した。

「カタリナ？」

「この前は貴方にされっぱなしだったから、今日は私がしてあげる」

色っぽく笑いながら、カタリナがパンツを脱ぐ。

そのまま俺の上に跨ってきた。

「んんっ……」

竿の部分を手にすると、先端を膣口にあてがう。

するとぬちゅりと濡れた感触が伝わってきた。

「カタリナのおまんこ、もう濡れてる……」

「あんっ、言わないで、恥ずかしい……旦那様のおちんちんを舐めていたら興奮しちゃったの……」

耳の先を赤くしながら、カタリナが答える。それからゆっくりと腰を下ろし始めた。

「あぁ……入ってくる……この前から、ずっとこれがほしかったの……」

ぶるるっと身体を震わせながら、カタリナが俺のモノを受け入れていく。

愛液で潤うおまんこは簡単にペニスを飲み込んでいった。

きつくうねる膣肉をかきわけるようにして、やがて行き止まりに辿り着く。

「はぁっ、全部入った。あんっ、あ、ああっ……やっぱり、とっても立派で素敵……んんっ……」

カタリナの膣内が歓迎するかのように、ぎゅぎゅっとペニスを締めつけてきた。

たまらないといった様子で、ゆっくりと腰を動かし始める。

「ねえ、旦那様、どう私の膣内は？」

「つぶつぶでチンコが擦られて、とっても気持ちいいよ」

「そうなんだ……んっ、んくっ……あぁっ、おちんちん、いい……ふあぁっ……」

ベッドをぎしぎしと揺らしながら、カタリナが腰を上下させる。

この体勢だと、彼女のおまんこに俺のモノが飲み込まれていくのがよく見えた。

「カタリナのおまんこが、今日も俺のチンコをおいしそうに咥え込んでるよ。とってもいやらしい」

「やだ、見ないで……んぁっ、ますます興奮しちゃう……はぁっ、あ、あんっ……はふっ、奥にごつごつ当たるの、いい……」

「くっ……膣肉、にゅるにゅる絡み付いてきて……」

全身に鳥肌が立つような快感が襲ってくる。

膣壁をペニスで擦るたびに、愛液で潤っていくのがわかった。

少しずつ、カタリナの腰の動きが激しさを増していく。

「はぁはぁっ、おちんちん、いいの……んんっ、すごく感じちゃう……はひっ、あんっ、中で大きくなってる……」

俺は『ブースト』を使うと、この前のようにペニスの大きさと硬度を強化した。

たちまちのうちにカタリナの中が俺のモノでみっちりと埋まる。

「あぁっ、これ、すごい……気持ちいいところ、全部擦れてる……ひゃんっ、ん、んっ、んぁっ……！」

ペニスの大きさが増したことで、よりカタリナの中の締めつけがきつさを増した。

俺はいつしか彼女の動きに合わせて、下からペニスを突き上げていた。

「んっんっ、んぁっ、やぁっ、それ、激し……ひあぁっ、あんっ、あ、あうっ……ふぁぁっ、ん、んんーっ‼」

下からズンズンと突くと、カタリナが大きく背中をのけ反らせた。

膣肉はすっかりとろけきり、ペニスを擦られるたびに凄まじい快感が襲ってくる。

耐久度を強化していなかったら、あっという間に射精してしまっていただろう。

「んっ、旦那様の、私の中でいっぱい暴れてる……ひゃぐっ……ふぁっ、あ、あひっ……あんっ、あ、あぁっ……」

「カタリナのおまんこ、愛液でぐちゅぐちゅになってるよ」

「だってこんな逞しいおちんちんでかき混ぜられたら、誰だってそうなっちゃう……！ひゃんっ、ん、んあっ、あ、あひっ、あんっ！」

甘い声を上げながら、さらにカタリナが腰の動きを激しくしていく。

大きな胸がぶるんぶるんと揺れていた。

下から見上げていると、なかなかの迫力だ。

俺は誘われるように、その揺れる胸に手を伸ばした。

「あんっ、あっ、旦那様、おっぱい……やぁっ、そんな強く揉まないで……ひうぅっ」

遠慮なく揉みしだくとカタリナの身体が敏感に反応する。

ぎゅっと痛いほど膣内が締めつけてきた。

俺は膣肉をかきわけるようにペニスを出し入れしながら、乳首を指で摘んだ。

そして強めに引っ張ってやる。

「ふあぁっ！　乳首、ダメ……そこ、敏感だからっ……あんっ、あ、あぁっ……んうぅっ」

「ダメって言っているわりには気持ちよさそうじゃないか」

俺は親指と人差し指の間で、ぐにぐにと押しつぶすように刺激を与えてみる。

「ひゃうぅっ、ん、んんっ、乳首感じすぎちゃうのぉっ！　んーっ、んっんっ、んあっ、あ、あひっ‼」

「うおっ、今まで以上に締めつけが……！」

凄まじい勢いで膣内がペニスを締めつけてきた。

あまりの刺激に、俺もたまらず腰を突き上げてしまう。

「ひあぁっ、さっきより激しい……ひゃんっ、ん、んはぁっ……んくっ、ん、んうぅっ……あふっ、あ、あーっ！」

大きく背中を反らせながら、カタリナはイッているようだった。

腰を動かすこともできず、俺にされるがままになっている。

俺はおっぱいの感触を楽しみつつ、容赦なく膣内をペニスで往復して、柔らかな肉を突くストロークを楽しんだ。

「んぐぅ、ん、んんっ、んぁっ、あ、あふっ、あ、あんっ、ん、んはぁっ、ん、ん、んんーっ！」

アソコから大量の愛液を溢れさせながら、カタリナが快楽に喘ぐ。

亀頭が子宮口にぶつかるたび、精液を求めるかのようにしゃぶりついてきた。

「はふっ……あぁっ、あんっ、おちんちん、赤ちゃんの部屋に当たってるぅ……ああっ、あんっ……」

「また、カタリナのここにたっぷり出してやるからな」

子宮口をノックしながら、俺は言う。

そんな俺の言葉に、その瞬間を想像したのかカタリナの身体がぞくぞくっと震えた。

「ふあぁっ、また、私、種付けされちゃう……んんっ、んあぁっ、熱くて濃い精液、いっぱい注がれちゃうのぉ……!!」

俺はガチガチに硬くなったペニスで容赦なく膣内を往復していく。

ひくひくと膣肉が震えながら、まとわりついてきていた。

奥歯をかみ締めて快感に耐えながら、ひたすらに下から突き上げる。

「あっあっ、あんっ、あ、あくっ、あ、あぁっ、あ、あふっ、んんっ、こんなのおかしくなるぅっ……んんっ」

いやいやをするように、カタリナが首を横に振る。

だが彼女も更なる快楽を求めるように腰の動きを再開していた。

互いのタイミングが合うと、より強い快感が生まれる。

「ふあぁぁあぁあっ！　ん、んくぅっ、んんっ、んあぁっ、あっあ、あんっ、あぐっ……」

「はぁはぁ、カタリナの中、熱くて、俺のチンコが溶かされそうだよ」

「だ、旦那様のおちんちんもすごく熱くて、私のおまんこヤケドしちゃいそう……」

奥を突くたびに、カタリナが何度もイッているのがわかる。

「き、気持ちよすぎて、もう、わけがわらない……ひゃうっ、ん、んあっ、あ、あぐっ、あ、あひっ、あっあっ、あぁんっ!!」

だらしない表情を浮かべながら、カタリナが快感に喘ぐ。

俺は胸を揉みしだきながら、彼女に刺激を与えていった。

「あんっ、あ、あくっ、おっぱい気持ちいい……。おまんこも気持ちよくて……ひぁあっ、もっとしてぇ……ふああっ！」

痛いほどにペニスを締めつけられ、俺もそろそろ限界が迫ってきていた。

ペニスが膨らみ、ごりごりと彼女の膣内を擦っていく。

「んあぁっ、おちんちん、膨らんでる……ひぐっ、ん、んんっ、射精するの？　ひぁっ、あ、あふっ、あ、あんっ！」

「ああ、カタリナの中にたっぷり出してやるからな。しっかり俺の子供を孕めよ」

「はいぃっ、旦那様の精液ほしい……あぐっ、あ、あんっ、ん、んくぅっ、ん、んんっ」

俺の言葉に、カタリナの腰の動きが激しさを増す。

限界までペニスを引き抜いては、一気に奥まで飲み込むのを繰り返していた。

カリ首から竿全体までがしごかれて、全身に鳥肌が立つような快感が襲ってくる。

頭がくらくらとするような快感と興奮に、俺は無我夢中になってピストンを繰り返す。

それにあわせてカタリナの中が、最高の締めつけを繰り返していた。

「あっあっ、ああっ、イク、私、イッちゃう……すごいのくるのっ……ひゃうっ、ん、んはぁっ、あ、あぐっ、あぁっ、あふっ、あ、あぁっ‼」

「くっ……」

カタリナの責めを前に、これ以上耐えるのは無理そうだった。

俺は彼女のお尻を掴むと、思いきりペニスを突き入れる。

そして亀頭が行き止まりにぶつかった瞬間、快感が爆発した。

「……っ‼」

「ひあああぁあぁああぁっ⁉」

今まで耐えていただけあって、我ながら凄まじい量の精液をカタリナの中に注いでいく。

「あぁっ、あんっ、熱いのいっぱい、中に出てる……ふあぁっ、これ、絶対に妊娠するぅ……ひうぅっ……」

最後の一滴まで搾り取ろうとするかのように、膣肉がペニスを締めつけてくる。

俺は腰が砕けそうな快感を味わいながら、彼女の子宮を満たしていった。

「まだ出てる……はひっ、んんっ……私のこと、孕ませようとしてる……はふっ……」

射精された刺激でイッたらしく、ぎゅぎゅっと膣内が俺のモノを締めつけていた。

絶頂の余韻に浸りつつ、俺はしばらくの間、カタリナの膣内を味わうのだった。


「はぁ、すごかった……さすがは私の旦那様」

「満足してもらえたなら、良かったよ」

「ふふ、これからいつでもこんなすごいエッチができると思うと、アソコがきゅんきゅんしちゃう」

甘い声で囁きながら、俺に身体をすり寄せてくる。俺はそんな彼女の頭を撫でてやった。

「改めて、よろしくな、カタリナ」

「ええ、いっぱい子作りしましょうね、旦那様」

そう言って幸せそうにカタリナが笑う。

こうして新しい嫁と過ごす幸せな初夜の時間は、ゆっくりと過ぎていくのだった。

第四章 真実も俺に味方する

「遺跡？」

「ああ、森の中にいくつかあるんだよ」

たまにはひとりで街を散策してみるかと足を伸ばしてみると、興味を引く単語が飛び出してきた。

相手は雑貨店の親父で、品物を眺めていると声をかけられたのだ。

最初は世間話から始まったのだが、この辺りで何か面白い場所がないか俺が質問したところ、遺跡の話になった。

「ただ、それがいつ誰がなんのために造ったのかわからないんだ」

「へぇ、そうなんだ……見に行っても大丈夫なのかな？」

「特に禁止はされていないから、興味があるなら行ってみたらどうだい」

「ああ、そうさせてもらうよ、ありがとう」

俺は店主にお礼を言うと、遺跡の場所をいくつか教えてもらった。

そのまま足を運んでみることにする。

異世界の遺跡なんて、なんだかわくわくするな！


「これは……」

遺跡まで辿り着いた俺は、目の前の建物をじっと見つめる。

なんというか、すごく見覚えのあるフォルムだ……。

俺の世界にあったビルにそっくりというか……どう見ても、そうだろ、これ。

「しかもこれ、日本語じゃないか？」

ビルの中に入ってみると、あちこちに見覚えのある文字があった。

一体全体、どういうことだ？

俺と同じように異世界から来た人間が造ったと考えるのが自然なんだろうが……。

それにしてはちょっと規模が大きすぎるような気がする。

「取りあえず、メルヴィに聞いてみるか」

彼女なら色々とエルフの歴史についても知っていそうだ。

そう考えた俺は一旦、家に戻ることにした。

「ただいま」

「あら、おかえりなさい」

家に戻ると、メルヴィが出迎えてくれた。

「ああ、メルヴィ、丁度いい。聞きたいことがあるんだ」

「聞きたいこと？　なに？」

「実はさっき遺跡まで行ってきたんだけど、あれについて何か知らないか？」

「遺跡？　康弘、遺跡を見てきたの」

「そうだよ。街で話を聞いてね」

「ふうん、そう……遺跡に関してだけど、私も詳しいことはよく知らないの」

「なんだ、そうなのか？」

「ええ、昔からの言い伝えでは、ハイエルフが住んでいたとか、異世界の神がいたのではないかって言われているんだけど」

「へえ……そんな言い伝えがあるんだ」

俺はそんなメルヴィの説明で、遺跡にますます興味が惹かれるのを感じていた。

自分でもどうしてここまで気になるのかわからない。

やっぱり日本語があったのが原因だろうか？

俺がいた世界と、こちらの世界にどんな繋がりがあるのか……それが知りたいのかも知れない。

「康弘、遺跡のことがかなり気になるの？」

「ああ、そうだけど、よくわかったね」

「なんだか難しい顔をしていたから……ねえ、遺跡は全部見て回ったの？」

「いや、一つだけだけど。そうか、いくつかあるって言っていたな」

俺は雑貨店の親父の言葉を思い出す。

他の遺跡も見てみれば、なにかわかるかもしれない。

「ねえ、良かったら、私が案内してあげましょうか？」

「いいのか？」

「ええ、夫のために尽くすのも妻の役目だから」

「じゃあ、お言葉に甘えようかな」

「任せておいて」

そんなわけで、メルヴィに遺跡の案内をしてもらうことになった。

何か俺の世界との関係がわかればいいんだが……。

「ここが、発見されている遺跡の中でも一番大きなものよ」

「……校舎だ」

「コウシャ？」

「ああ……いや、こっちの話だ、気にしないでくれ」

メルヴィに案内されて連れてこられた遺跡は、どこからどう見ても学園の校舎だった。

なんだってこんなものがこっちの世界にあるんだ？

「中には少し変わった形の机や椅子がいっぱいあるの。多分、ハイエルフたちの集会所みたいなものだったんじゃないかしら」

廊下を歩きながら、メルヴィがそう説明してくれる。

「そこで、みんな集まって、神に信仰を捧げていたのではないか、と言われているわ」

多分違うだろうと思いつつ、あえて口に出すような真似はしなかった。

やはりここにも、あちこちに日本語が見て取れた。

もしかして遠い昔、ここには大勢の日本人がいて、ここで勉強していたんじゃないか？

俺のように召喚されたのか、それとも……。

「隣の敷地には、大きなホールがあるの。恐らくそこで、神に関する儀式を行っていたと思われているわ」

そう言ってメルヴィが窓の外を指差す。

するると、そこには体育館があった。

……うん、やっぱりここは学園だ。

でもなんで、異世界にそんなものが？

「えっと、他の遺跡を案内してもらってもいいかな？」

「まだここを全部見て回っていないけど、いいの？」

「ああ、他にどんな遺跡があるのか気になるからさ」

「わかったわ」

そうしてメルヴィに残りの遺跡を案内してもらう。

病院に、コンビニ、銭湯などなど……。

そのどれもが俺にとって見覚えのあるものばかりだった。

「今のところ見つかっている遺跡は、ここで最後ね」

メルヴィが指し示したのは、どこからどう見てもラブホテルだった。

「多分ここは宿泊施設だと思うわ。中にいくつかベッドが残されているから」

「いや、泊まる場合もあるけど、基本的には休憩する場所だよ」

「そうなの？」

「ああ、遺跡を見て回って疲れたし、せっかくだからここで休憩していかないか？」

「ええ、私は構わないわよ」

メルヴィが了承してくれるのを確認して、中に入る。

どの遺跡もそうだったが、殆どがしっかりと原型を保っていた。

なんでもメルヴィが言うには、保存のための魔法がかけられているのではないかということだ。

微量な魔力の流れを感じるらしい。

「へぇ、中は結構綺麗だな」

「そうね。これなら休憩するのに問題なさそう」

メルヴィがベッドに腰掛ける。

エルフがラブホの一室にいるという光景……。

こんなものが見られるのは俺ぐらいじゃないか？

「……ねぇ、康弘？」

「ん？　どうした？」

「その、こうしてふたりきりになるのは久しぶりよね」

「ああ、まあ、そうだな」

何せ、カタリナを入れて嫁が三人に増えたのだ。

基本的に家ではみんなで過ごすし、夜の時間も全員でというのが多い。

「……本当は、私の順番はまだ先なんだけど、我慢できそうにないの」

「我慢できないって？」

「康弘とエッチしたいなって……ダメ？」

甘えるような目で、メルヴィが俺のことを見てくる。

その可愛らしさに俺はごくりと唾を飲み込んだ。

「そうだな、メルヴィには遺跡を案内してもらったし、そのお礼ってわけじゃないけど……」

「あっ……」

俺はベッドの上に、優しくメルヴィを押し倒す。

そして優しく唇を重ねた。

「んっ、ちゅっ……ちゅちゅっ……ちゅぴちゅぴ……」

「ほら、俺の舌の動きに合わせて、もっと絡ませて」

「れるっ、こう？　ちゅくちゅく……ちゅっ、ちゅぱちゅぱ……ちゅるるっ……」

言われるままにメルヴィが俺の舌に自分の舌を絡ませてくる。

ぬるりとした粘膜と粘膜が擦れあい、頭の奥が痺れるような快感が襲ってきた。

「はふっ、んっ、ちゅぱちゅぱ……キス、気持ちいい……んっ、ちゅくちゅく……ぴちゅぴちゅ……」

キスを続けながら、俺は服の中にそっと手を差し込む。

そのまま胸まで移動させると、乳首を人差し指で転がしてやった。

「やんっ、んっんっ、んあっ、もう、いつの間に手を入れたの？ んんっ、んくっ……」

「メルヴィがキスに夢中になっている間にね。乳首を弄られるの、好きだろ？」

「うん、康弘にされるの好き……あぁっ、あんっ、ん、んぁっ、こりこりってされるのいい……ひうぅっ……」

すぐにメルヴィの乳首が充血して硬くなる。

俺はその感触を楽しみながら、さらに激しくキスを続ける。

「ぴちゅぴちゅ、んちゅっ、これ、口の周りがよだれでべとべとになっちゃう……んちゅっ、くちゅくちゅ……ちゅぷぷっ」

「いいじゃないか、そのほうがいやらしくて興奮するよ……」

「んんっ、れりゅっ、ちゅぱちゅぱ、ちゅっ、ちゅちゅっ、はふっ、ちゅっ、ちゅぴちゅぴ」

互いに夢中になって相手の唇を貪りあうように味わう。

興奮からズボンの下で俺のモノが大きくなっているのがわかった。

俺はもっとメルヴィを感じさせたくて、右手は胸に触れたまま、左手を股間へと移動させた。

太ももをなぞりながら、ぷにぷにと柔らかい割れ目に触れる。

「あっ、そこは……んんっ、だめぇ……はふっ、ん、んんっ……」

「メルヴィのここ、熱くなってるよ」

「やぁっ、指動いて……ひゃんっ、ん、んあっ、あ、あひっ、あ、あうっ……あんっ、ぁっあっ、あふっ……」

割れ目に沿って強めに指を動かす。

何度もそれを繰り返していると、下着に染みが広がっていくのがわかった。

「ほら、メルヴィのここ濡れてきたよ」

「ふあぁっ、言わないで……あんっ、あ、あ、ダメっ、声出ちゃう……ひうぅっ……」

キスをしながら乳首とアソコを弄っていく。

するとメルヴィの身体は熱を帯び、どんどん興奮していくのが感じられた。

「奥からも、次から次に愛液が溢れてくるな。くちゅくちゅっていやらしい音がしてる」

「ひゃんっ、えっちな音立てないで……あふっ、あ、あくっ……んっんっ、ん、んくうっ……んあぁっ」

おまんこから溢れ出す愛液が、下着をぐっしょりと濡らしていた。

触れた指先から、割れ目がひくついているのがわかる。

「どうだい？　そろそろ俺のモノが欲しくなってきたんじゃないか？」

「う、うん、私、康弘のが欲しい……あふっ、あ、あんっ」

「だったらちゃんと、言ってくれないと。俺のなにが欲しいんだ？」

「えっ、そ、そんな……んくぅっ、ん、んあっ、あ、あんっ」

アソコを弄られて、メルヴィがぶるるっと身体を震わせる。

こうしている間にも愛液がどんどん溢れ出してきていた。

「ほら、ちゃんと言わないとしてあげないよ？」

「うぅ〜、康弘のいじわるぅ……」

泣きそうな顔で、メルヴィが俺のことを見上げてくる。

そんなしぐさもまた可愛らしくて仕方がない。

「ほらほら、どうして欲しいんだ？」

「あっあっ、あんっ、あくっ、あ、あぁっ、あふっ、あ、あうぅっ！」

わざと大きく音を立てるように、俺は激しく指を動かす。

下着はすでにぐっしょりと濡れて、割れ目が透けて見えていた。

「あぅっ、い、言う……おちんちん……康弘のおちんちん、私のおまんこに入れて欲しいのぉ……！」

叫ぶようにメルヴィが言う。

俺にとって理想のエルフをそのまま形にしたような彼女に言われると、とんでもなく興奮した。

「よしよし、よく言えたな。じゃあ、お望みどおり、俺のチンポをあげるよ」

「あっ、やったぁ……」

「ただし、自分で入れるんだ」

「えっ、自分で？」

「ああ、そうだ。できるだろ？」

俺は彼女の言葉に答えながら、ベッドに横になる。

そしてズボンからすっかりと硬く大きくなったペニスを取り出した。

「あっ、すごく大きくなってる……」

俺のモノを見て、メルヴィがごくりと唾を飲み込んだのがわかった。

のろのろと立ち上がり、俺に背中を向けた。

そして俺の股間の上にまたがると、自分の手でアソコを左右に開く。

そのままペニスの先端にあてがうと、ゆっくりと腰を下ろしていった。

「あぁっ、康弘のおちんちん入ってくるぅ……ひあっ、ん、んあぁっ……」

ずぶずぶと音を立てながら、俺のモノがメルヴィの中に飲み込まれていく。

その全てが彼女の中に収まるまでは、そう時間はかからなかった。

「ぜ、全部入ったぁ……あんっ……」

「そうだな。でも、どうしてこっちに背中を向けたんだ」

「あんっ、だ、だってぇ、自分から入れるなんて恥ずかしいことをしているときの顔、康弘に見られたくなかったら……」

なんとも可愛らしいことを言ってくれる。

俺はますます自分が興奮するのを感じながら、口を開いた。

「確かに顔は見えないけど、もっと恥ずかしいところが丸見えだぞ」

「えっ、ええっ?」

「メルヴィのおまんこが俺のチンポほおいしそうにくわえ込んでいるのが、よく見えるよ。それにお尻の穴も」

「や、やだぁ、そんなところ見ないで……」

「どうして？ ピンク色でとっても綺麗だよ。それに、ひくひくしてて可愛い」

「ふぁぁあっ、やぁっ、私の恥ずかしいところ、康弘に見られちゃってるぅ……ひあぁっ……」

俺の視線を意識したのか、メルヴィの中が痛いほど俺のモノを締めつけてきた。

せっかくなので『ブースト』で感度を上げてやる。

それからカリ首で、膣壁をえぐるように擦り続けた。

「ひゃあああっ!? やっ、なにっ？　んあっ、チンポ、ちょっと動いただけなのに、私の身体、すっごく感じちゃってるぅっ!!」

「ブーストで感度を上げたんだよ。いつもより感じるだろう？」

「そ、そういうことに使う力じゃ……ひうぅっ、あ、あふっ、あ、あんっ、あ、あぁっ……！」

ちょっと突いただけで、メルヴィが敏感に反応する。

おまんこの奥から溢れ出した愛液が、太ももを伝いベッドのシーツを濡らしていた。

「まだ全然動いてないのに、もうエッチな汁でぐちょぐちょじゃないか」

「だ、だってぇ、これ、感じすぎちゃって……はひっ、んっんっ、んくうっ、んぁっ、あ、あぁっ、おチンポすごいぃ！　あぐっ、あ、あふっ!!」

感度を上げているだけあって、メルヴィは最初から喘ぎまくっていた。

俺は容赦なく、ズンズンと突いていく。

「はぁはぁ、あっあっ、あんっ、あうっ、あくっ、ん、んんっ、んんーっ!!」

「ほら、メルヴィも腰を動かして」

「む、無理、無理ぃ……おちんちん良すぎてぇ……ひぐっ、ひうぅっ、あ、あぐっ……あ、

あぁ、身体に力、入らないのぉ」

「まったく仕方ないやつだな。一度イケば落ち着くんじゃないか？　ほらほら」

「あっあっ、そんな突いたらっ！　ひぐっ、イクっ、イクイクっ‼」

メルヴィが背中をのけ反らせたかと思うと、膣内がきつく締めつけてきた。

どうやら今のでイッたらしい。身体をびくびくとさせながら荒い息を吐き出している。

「はひっ、あふっ、あ、あうっ、あ、あんっ、あ、ああっ……」

「どうだ？　少しは落ち着いたか？」

「だ、だめ、さっきより身体に力入らなくなってるぅ……んんぅっ……」

「まったくこれぐらいでだらしないな。それじゃ俺の好きにさせてもらうよ」

「待って、私、イッたばかり……ふあぁぁあっ！　あっ、あんっ、あ、あぁっ、あ、あぁああっ‼」

先ほど以上に激しくズンズンと膣内を突いてやる。

行き止まりに亀頭がぶつかるごとに、メルヴィのおまんこが痛いほど締めつけてきた。

「あぁっ、これ、凄すぎるぅっ！　ひゃうぅっ、あっあ、あぐっ、おチンポしゅごいっ、ん、んくぅっ、んんっ、んあっ！」

メルヴィのおまんこから大量の愛液が溢れ出す。

熱くとろける膣内をガチガチに硬くなったペニスでひたすらに往復していく。

「ひゃうぅっ、んっんっ、んくっ、ん、んぅうっ、あっ、ああっ、いいっ、オチンポずんずんされるのいぃっ！　ひゃあんっ」

いつもの聡明で落ち着いた彼女の面影などまるでなく、いまは俺に与えられる快感に乱れまくっていた。

俺は尖った耳に顔を近づけると、先っぽを甘噛みしてやる。

「ふあああぁぁあああああぁぁああああっ!?」

その瞬間、メルヴィの膣内が今までにないほど俺のモノを締めつけてきた。

どうやらまたイッたようだ。

「あっあっ、しゅごいのきたぁ……はひっ、ん、んあぁっ、な、なにも考えられなくなるぅ……んぅぅっ」

ぎゅっぎゅっと、メルヴィの膣内が何度もペニスを締めつけてくる。

俺はそんな中を遠慮なく往復していく。

「ひぐっ、おチンポすごいのぉっ。もう、おチンポのことしか考えられなくなるっ！　あんっ、あっあ、あふっ、あ、あひっ、あ、あぁっ!!」

ずちゅずちゅと音を立てながら、ひたすらピストンを繰り返す。

俺は後ろからメルヴィの胸に手を回すと、強めに揉みながら耳の先を吸ってやる。

「ふあぁあぁっ！　らめっ、イクの止まらないっ！　あぐっ、あ、ぁあっ、あ、あううっ、ああーっ！」

感度を強化されているメルヴィは、ちょっとした愛撫でも簡単に達してしまっていた。

そのおかげで膣内はとろとろになり、ペニスを出し入れするたびに凄まじい快感を与えてくれる。

「はぁはぁ、すごいよ、メルヴィのおまんこ、最高に気持ちいいっ」

「んーっ、んーっ、イクの止まらないっ。わらひ、おかひくなっちゃうっ、あぐっ、あ、あうっ、あんっ、ん、んはあっ」

「いいよ、おかしくなって。もっと感じてるメルヴィの姿、見せてくれ」

「あっあっ、あうぅっ、あんっ、あ、あふっ、あ、ああっ、あ、あ、激しっ……ひぁあっ、んんっ」

膣肉がペニスに吸い付き強烈な刺激を与えながら、射精を促してくる。

俺は全身に汗が浮かぶのを感じながら、ひたすらに腰を突き上げていた。

「おチンポ、私の中であばれてりゅうっ……ひぐっ、ん、んはぁっ、ん、んぅっ、んっん、ああっ、あくっ」

休みなく与えられる快感を前に、熱い塊がペニスに集まっていく。

俺は先ほどからイキまくっているメルヴィの膣内に思いきり射精することに決めた。

「あっあっ、あくっ、おちんちん、先っぽ膨らんでる……ひうぅっ、ん、んんーっ」

「メルヴィの中に、いっぱい出してやるからなっ」

「だめえっ、いま出されたら、すごいのきちゃうぅっ、ん、んひぃっ」

「ちゃんと俺の子供を孕むんだぞっ！」

「はひっ、イキまくりおまんこ、射精されたら、絶対受精しちゃうっ！　はひっ、ん、んあっ、あ、あふっ、あっあっ、あうっ！」

俺はゴール目掛けて、今まで以上に激しく腰を動かす。

もういつ射精してもおかしくない状態だった。

精液がせり上がってくるのがわかる。

「出す！　出すぞ、メルヴィ!!」

「ふあぁっ、あくっ、あ、あぁっ、あんっ、あ、あひっ、あ、あぁあっ」

俺はズンっと思いきり突くと、メルヴィの一番奥で欲望を解き放った。

「あああああぁあああぁあぁあああああっ!!」

大量の射精。収まりきらなかった精液が、メルヴィのアソコから滲み出す。

「あ、熱いの、かかってるっ……ひうぅうっ、こ、こんなのらめぇっ……」

最後の一滴まで逃すまいとするように、膣肉が絡みついてくる。

俺は凄まじい快感を前に、落ち着くまでの間、メルヴィと繋がりあったままでいた。

「はふぅ……まだ足がふらふらしてる……」

「だいぶ派手にイッてたもんな」

「誰のせいだと思ってるのよ」

ラブホ型遺跡の中で熱く愛し合った俺たちは、家路についていた。

今日は疲れたし、遺跡に関しては明日改めて調べることにしよう。

何か有益な情報が得られればいいんだが……。


「お久しぶりです、長老」

翌日、俺は長老を訪ねていた。

やはりエルフのこととなればこの人だろう。

「田辺か。どうした、何か問題でもあったか？」

「いや、そういうわけじゃなくて、ちょっと聞きたいことがあるんです」

「聞きたいこと？　なんだ？」

「実は遺跡に関してなんですけど、最近興味を持ちまして。ハイエルフが住んでいたというのは本当ですか？」

「ふむ……そういう言い伝えはあるが、確かではない」

「何か、遺跡に関する書物が残っていたりはしないんですか？」

「それならば、街の図書館に保管されているはずだ」

「本当ですか？　見たりとかは、させてもらえます？」

「うむ。閲覧は自由だ。遺跡に関しては、研究している者もいる。そういった者たちに話を聞いてみるのもいいだろう」

　そう言って、長老が遺跡研究者のエルフたちについて教えてくれる。

　思ったより協力的な反応で、安心する。

「と、わしが知っているのはこんなところじゃが、役に立ちそうかな？」

「はい、ありがとうございます！」

　やっぱり長老のところに来たのは正解だった。

　これなら、かなり情報を手に入れることができそうだ。

「それじゃ俺、これで失礼します」

「うむ、またいつでも来るがよい」

　俺は意気揚々と長老の屋敷を後にした。

　まずは、図書館に行って、それから研究者に話を聞きに行くことにしよう。

　なんだか楽しくなってきたな！

「ふむふむ、なるほど……」

俺は家に戻ると、今日一日調べた遺跡に関することについてまとめていた。

あれこれ調べまわったおかげで、だいぶ情報を手に入れることができた。

図書室にあった本や、研究者の話によれば、数千年前、エルフはいまのような長命ではなかったようだ。むしろ短命で、生存能力が低く、滅びかけていた種族だったのだ。

いまと同じなのは、容姿端麗というところぐらいだったらしい。

そんな危機をどうやって乗り越えたのか？

そう、そこで現れるのが異世界から召喚された人間……稀人だ。

数千年前にも、俺のように召喚された人間たちがいたのだ。

そして異世界の人間の血と交わることで、強力な魔力を手に入れ、エルフは長命になったのである。

ただ、子供を作りにくいという欠点だけはどうすることもできず……今でも、俺のような存在が必要だというわけだ。

「それにしてもこの一文、気になるなぁ」

簡単に説明すると、そこには『彼女たちに気をつけろ。元の世界に戻れなくなる』と、書かれていた。彼女たちというのは、恐らく女のエルフのことを指しているのだと思う。

俺と同じ稀人が書いたのだと思うのだが……何があったのだろうか？

残念ながら具体的に何を気をつければいいのかは、記されていなかった。

これがどういうことなのか、調べないといけないな。

取りあえず、ハッキリするまではメルヴィたちには内緒にしておいたほうがいいだろう。

みんなを疑うわけではないが、一応エルフの女だからな……。

「ねえ、何をしているの？　旦那様」

「うわっ、カ、カタリナ!?　いつのまにっ！」

「そんなにびっくりしなくてもいいのに。いくら呼んでも返事がないから様子を見に来たのよ」

「あ、ああ、そうだったのか、ごめん」

俺は謝りつつ、遺跡に関する資料を片付ける。

「旦那様、それってなあに？」

「いや、別になんでもないよ……気にしないでくれ」

「ふうん？」

俺の言葉にカタリナは不思議そうに首を傾げるものの、それ以上追求してくることはなかった。

「ほうほう……これは……」

俺は翌日から、調べる範囲を広げていた。

神やハイエルフ、稀人について真面目に調べ始めたのだ。

すると、それがことのほか楽しく、俺は時間を忘れて熱中してしまう。

それこそ、本来の役目であるはずの子作りを忘れてしまうほどに。

そして当然……。


「田辺よ。今日ここに呼んだのは他でもない。しばらく、遺跡に関して調べることは禁止する」

「ええ、どうしてっ？」

あれほど協力的だった長老が、一変していた。

「どうしてもこうしても、お前自身がよくわかっているのではないのか」

「うっ、それは……」

長老の前には、俺以外に、メルヴィにエリナ、カタリナの姿があった。

「そうだよ、康弘。遺跡について調べるのはいいけど、私たちのこと放っておきすぎ」

「ちゃんと相手してくれないと、どこか行っちゃうわよ？」

「お前には夫としての務めを果たす義務があるはずだ」

「というわけだ。しばらくは、子作りに励んでもらうぞ」

「……わかりました」

俺は長老の言葉にそう答える。

確かに、エルフの歴史について調べるのに夢中になりすぎたもんな。

……などと思うほど、俺もお人よしというわけではない。

いくら子作りが大事とはいえ、遺跡について調べること事態を禁止するのはおかしい。

なにかこれ以上、俺に踏み込んでほしくない理由があるんじゃないか？

そう考えた俺は、ある行動に出ることにした。


「エリナ、遺跡について教えてくれ」

「急にふたりきりになりたいと言ったかと思ったら、お前は何を言っているんだ？　今日、長老に呼び出されたことを忘れたのか？」

「忘れてない。でもあれって、俺に遺跡に近づいてほしくないだけだろ？」

俺はズバリと核心をつく。

何故、エリナにこんな話をしているかというと彼女がダークエルフだからだ。

メルヴィやカタリナは、エルフに関することは話してくれないかもしれないが、エリナなら可能性があると思ったのだ。

「考えすぎだろう。子作りは大事だぞ」

「わかった。じゃあ、今から子作りするから、そしたら教えてくれ」

「今からって、お、おい」

「ちゃんと子作りすれば問題ないだろ？」

「あ、こら、康弘……」

俺はエリナの身体をベッドに押し倒す。

そのまま足を開かせると、パンツを脱がせた。

そして露になった股間に顔を近づけて、ぺろりと割れ目を舐める。

「ひゃっ！　な、何をしているんだ⁉」

「こうしてエッチするのは久々だからな。しっかりとエリナのおまんこを味わわせてもらおうと思って」

「ば、ばか、そんなところを舐めるな、汚い……！」

「大丈夫、エリナの身体に汚いところなんてないよ。れるっ……ぴちゅぴちゅ……」

「あっ、やっ、舌、動いて……舐められちゃってる……ひゃんっ……んっん、んくっ、ふぁぁっ……」

親指と人差し指で、皮をかぶっているクリトリスを剥くと、舌先で突いてやる。

「やぁっ、そ、そこ、敏感だから……あんっ、だめっ、舌で転がさないで……あふっ……あくっ、あ、あうっ……」

俺の舌の動きに合わせて、エリナが敏感に反応する。

しばらくクリトリスを弄っていると、割れ目が開き始め、奥から愛液が滲み出してきた。

俺は顔を出した膣肉のしわに沿って舌を動かしていく。

「ちゅっ、んちゅっ……れるるっ……ぴちゅぴちゅ……んちゅっ……」

「あんっ……やだ、本当に舐められちゃってる……あぁっ、舌、ぬるぬるして……ふぁあっ、身体、ぞくぞくってする……あひっ……！」

「エリナのおまんこ、とってもおいしいよ。じゅるるっ……ちゅくちゅく……ちゅるるっ……ぴちゃぴちゃ……！」

「バカぁっ、あんっ、やぁぁっ、あ、ああっ……あんっ、ん、そこ、だめっ……」

「ここがいいんだ？」

「ち、ちが……ひうぅっ、ん、んんっ、んあっ、あ、あんっ、あ、あひっ」

びらびらにそって舌を動かしていく。

それから俺は膣内に舌を突き入れていった。

「ふあぁあっ⁉　し、舌入ってくるぅ……あぁっ、あうっ、ああっ、あんっ、あ、ああっ！」

びくびくっとエリナの身体が震える。

舌を突き入れると、膣内がぎゅうぎゅうと締めつけてきた。

俺はわざと音を立てながら、舌を出し入れしていく。

「はあぁっ、ふぁっ、中で舌、動いて……やんっ、ん、んあっ、あ、あふっ、あぁっ、あんっ、あ、あぁっ！」

出し入れを繰り返しているうちに、エリナのおまんこから愛液が溢れ出してくる。

俺はおまんこに口をつけると、強く吸ってそれを飲み込んだ。

「じゅるるっ……んくっ」

「ふあぁああぁああああっ⁉」

突然の刺激に、エリナの身体がびくびくっと震えた。

パクパクといやらしくおまんこがひくついている。

「ふぅ、エリナのここ、すっかり開いて、チンポを欲しがっているみたいだよ」

「うぅっ、そ、そんなことない……」

「本当に？　こんなに物欲しそうにしているのに」

俺は顔を離すと、次は指を二本、膣内に突き入れる。

そのまま激しく出し入れを繰り返した。

「やぁっ、今度は指が……んあぁっ、おまんこの中、かき混ぜないで……ひゃんっ、んっん、んんーっ！」

膣内をほぐすように俺は指を動かしていく。

奥から愛液がとろりと溢れ出してきていた。

「やっぱりエリナのおまんこは、俺のモノが欲しいって言ってるみたいだよ？」

「んぅっ、はぁはぁっ、ち、違うのぉ……あんっ、あ、あ、あくっ、あ、あぁっ……」

「まあ、どんなに否定しても子作りは続けるんだけどね。そしたらちゃんと遺跡のことについて話してもらうよ」

「し、知らない、私はなにも知らない。ひゃんっ……あくっ、んうぅっ……」

さすがはエリナ。なかなか強情だ。

俺はひとまず、彼女の身体を抱き起こす。

「ほら、こっちにお尻を向けて四つんばいになって」

「ふぁっ……」

先ほどの愛撫で感じまくっていたエリナは俺の言葉に素直に従う。

ベッドの上で四つんばいになると、形の良いお尻をこちらに向けてきた。

それを目にしながら、俺はズボンから勃起したペニスを取り出す。

そして先端を割れ目に擦りつけるように動かした。

「ひゃんっ、硬いの当たってるぅ……んくっ、ん、んんっ、んあっ……」

何度かこすり付けると、俺のモノが愛液でべちょべちょになった。

エリナの膣口が物欲しそうに先端に吸い付いてくる。

「ほら、エリナの中に入っていくよ」

「あっ、ああっ、あ、あんっ、ほ、本当に入ってくるぅ……ひうっ、ん、ん、んああっ」

ずぶずぶと音を立てながら、俺のモノが飲み込まれていく。

先端が行き止まりにぶつかると、エリナが背中を大きく反らせた。

膣内が何度も締めつけてくるところを見ると、軽くイッているらしい。

「取りあえず、最初の一発と……」

俺はそんな彼女の中に、早くも射精していた。

カタリナのときのように、連続で射精できるように性欲を強化してある。

「ふあああぁああぁあああっ!? あ、熱いの出てる……んんっ、ん、んぁあっ、ん、んんっ」

射精しながら俺はピストンを開始する。

「あっ、うそっ、おちんちん、ぴゅっぴゅっしながら動いてるぅ……はひっ……あふっ、あっあ、あんっ、あ、あぁっ……!!」

愛液と精液が混ざり合い、エリナの膣内はあっという間にドロドロになっていた。

俺はそんなおまんこをかき混ぜるようにペニスで往復していく。

「はひっ、あっあ、あんっ、おちんちん、すごいの……射精したのに硬いままで……んうぅっ、んくっ、んんーっ」

俺はしっかりとエリナのお尻を掴みながら、ガンガンと後ろから突いていく。

そのたびにアソコから精液があふれ出してきた。

「どうだ？　そろそろ話す気になったか？」

「あぁんっ、だ、だめ、あそこには近づかないほうがいい……んあぁっ」

「あれ？　なにも知らないんじゃなかったのか？」

「うくっ……い、今のは違うの……」

「本当は遺跡について知っているんだろっ」

「んくぅぅうっ！　は、激し……ひぐっ、ん、んはぁっ、んっん、んんっ、あ、あうっ……!!」

「素直に言わないと、もっと激しくするぞ」

「こ、これ以上されたら、私のおまんこ、壊れちゃう……」

「ほら、話せって。ほらほらっ」

「あぐっ、あっあ、あんっ、あくっ、あ、あひっ、あ、あぁっ、ふあぁあっ！　言えない、言えないのぉっ」

さすがはエリナ、かなり手ごわい。

でもこれで、彼女が俺の知りたい情報を持っていると確信できた。

後はどうにかして話してもらうだけだ。

「話したくなったらいつでも言ってくれよ。そら、二発目！」

「ひあぁあああぁあっ⁉　また出てるぅっ！　ん、んんっ、んあっ、あ、あんっ、あ、ああっ、あ、あくっ、ああっ！」

先ほど以上の量の精液をエリナの中に注ぎこむ。

その刺激で彼女もイッたらしく、膣内が痛いほどに締めつけてきていた。

それに構わずピストンを休むことなく続ける。

「あっあっ、すごい、おちんちんすごい……ひゃうっ、んっん、んあぁっ、あ、あひっ、んっん、んひぃっ」

イッたばかりで敏感になっているのか、エリナが快感と苦痛の混じった声を上げる。

だがそれに構わず、俺は容赦なく女性器への往復を繰り返す。

「んあぁっ、だめっ、いま、イッてるから……そんなに激しくしないでぇっ……あぁんっ、ああっ」

「これも子作りのためだよ。我慢するんだ」

「む、無理ぃ、そんなにされたら、私、おかしくなっちゃうっ……はひっ、ん、んくっ、ん、

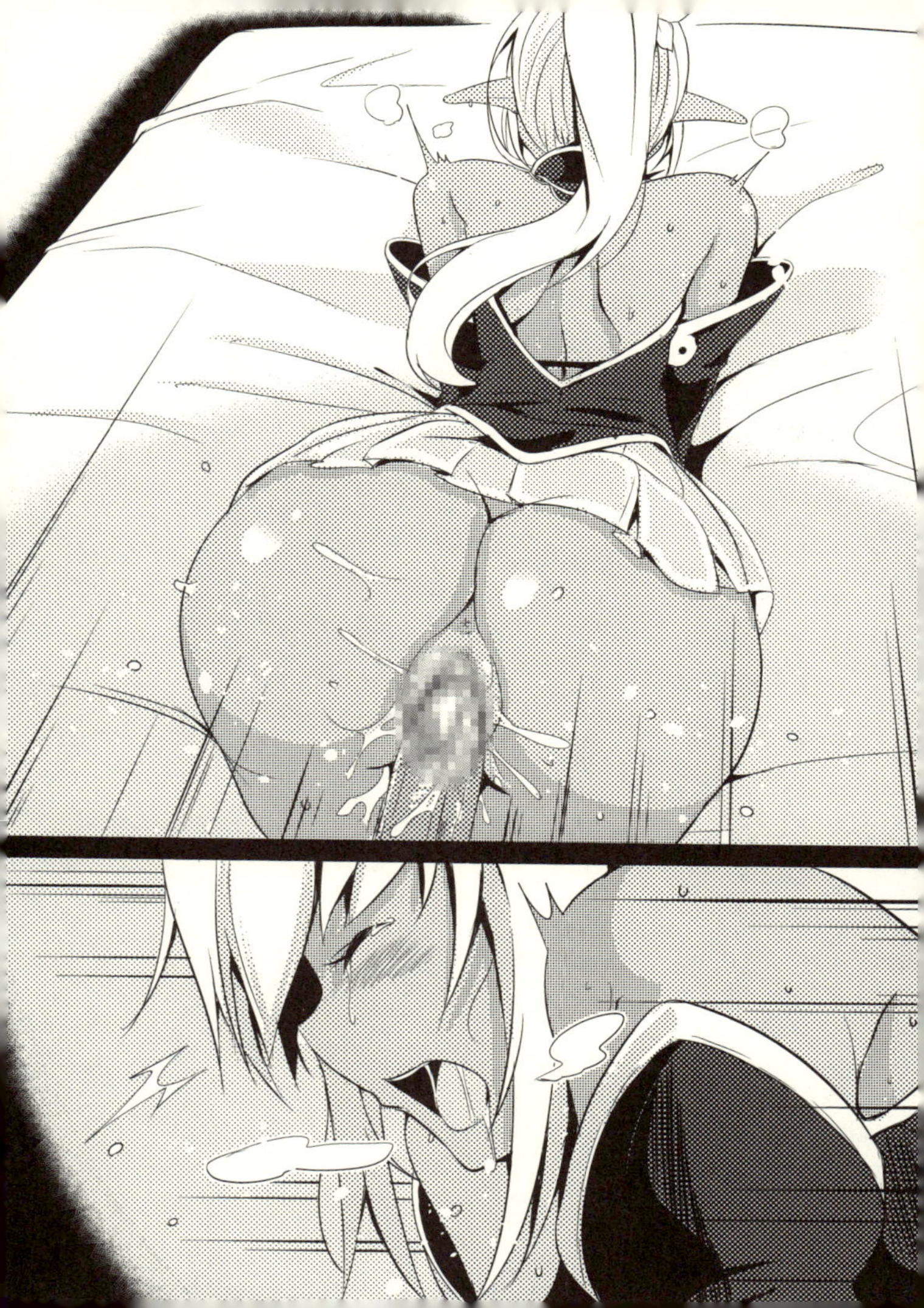

んあぁっ、あ、あんっ」

ぎゅぎゅっとエリナの膣内が痛いほど締めつけてくる。

その刺激に俺はまた膣内に射精していた。

「あぁっ！　あぐっ、また、中に熱いのいっぱい……はひっ、ん、んんっ、んあぁっ」

「どうだ？　いい加減に話す気になったか？」

「はひっ、お、教えるわけにはいかない……んくぅっ、あ、あぁっ、あんっ」

「まだ話さないなんて、さすがというか、なんというか……もっと激しくしろってことだな？」

「ち、違……ひゃんっ……あっ、あ、あんっ、あうっ、あうっ、ふあぁっ、ん、んんっ」

後ろから激しくエリナを犯していく。

腰を回転させるように動かすと、エリナが大きく背中をのけ反らせた。

「あっ！　あんっ、それ、違うところに当たってっ！　ひあぁっ、やぁ、またイクっ!!

んんっ、んはぁっ!!」

「よし、また出すぞ」

「もう、無理っ、これ以上入らないからっ！　あぐっ、あっあっ、あんっ、あ、あぁあっ！」

ドクドクっと、エリナの膣内に何度目かわからない射精を行う。

アソコから溢れ出した精液がボタボタとシーツを汚していた。

「そろそろ話したくなってきたんじゃないか？　ほらほらっ」

「んあぁっ、奥、あたって……ひあぁっ、あっあっ、あんっ、あ、ああっ、も、もう、ダメ……言う、言うから許してぇっ……」

「お、本当か？」

「ほ、本当、本当だから……はひっ、んっんっ、んあっ、あ、あうっ、あ、あひっ」

何度もイカせて、膣内射精したおかげで、ようやくエリナが話す気になってくれたようだ。

「よーし、それじゃ後で聞かせてもらうとして、ご褒美にたっぷりイかせてやるからな」

「えっ、それじゃ今までと変わらな……ふあぁあっ、あんっ、あ、あっあっ、あくっ、あ、ああっ、ふあぁああっ」

目的も果たしたところで、純粋にエリナとのセックスを楽しませてもらうことにする。

膣内は強烈なまでに俺のペニスを締めつけ続けていた。

「ダメっ、ずっとイッてるの……これ、すごすぎ……はひっ、私、また気絶しちゃうっ……んうぅっ」

「心配するな。ちゃんと体力は強化してあるから」

そう言いながら、俺は激しくピストンを繰り返す。

いつものエリナならとっくの昔に気絶している状態だ。

「あっあっ、いつの間に、ブーストを使ったんだ……ふぁあっ、んっん、ふぁぁぁあっ」

「最初からだよ。おかげで、楽しめただろ？」

「ば、ばかぁ、感じすぎて、ひゃうっ、おかしくなりそう……あうっ、んくっ、ん、んあぁっ、ん、んんーっ！」

「確かに、エリナの中、ずっとイキっぱなしだもんな」

彼女の膣内は何度も収縮を繰り返していた。

愛液と精液が混ざり合ったものが、とめどなくアソコから零れ落ちていく。

「ああっ、おチンポすごすぎるのぉ……ひうぅっ、ん、んあぁっ、あっあっ、あんっ、あ、あうぅっ！」

エリナの頭の中はすっかりチンポでいっぱいになっているようだった。

気づけば彼女のほうからも腰を振っている。

「ん、んくぅっ、んっんんっ、んんっ、はひっ、んっ、んあっ、んっ、んんっ、おチンポごりごりって擦れるのいいのっ。んあああっ、あ、あぁっ！」

俺たちは互いに夢中になって相手を求め合っていた。

限界まで硬くなったペニスで、えぐるように膣壁を擦っていく。

俺が尻の双丘を手で掴んで押し開くと、おまんこではない穴に指を突き入れた。

「ひあぁぁあぁぁあっ⁉　ヤ、ヤスヒロ、そこは……だめっ、ん、んぁっ、指、抜いてっ」

「たまにはこういう刺激もいいだろ？」

「ぜ、全然よくな……ふあぁぁあっ、あっあっ、あんっ、あく、あ、あううっ!!」

アナルに入れた親指をぐりぐりと動かすと、強烈なまでに膣内が締めつけてきた。

俺は膣肉を振り払うようにしてピストンの速度を上げる。

「あひっ、あんっ、あ、あうっ、あ、あぁっ、ん、んんっ、んはあっ、ん、んんっ、んあぁあああっ！」

「エリナ、締めつけすぎ……くっ……」

「も、もう、らめぇっ、すごいのきちゃうっ……ふあああっ、あ、ああっ、あ、あぁあああっ!!」

ガクガクっとエリナの身体が震える。

同時にアソコから大量の愛液が噴き出していた。

そんな中に、俺は最後の射精を行う。

「出すぞ、エリナっ!!」

「ひゃううぅううううっ」

俺の射精を受けて、エリナが連続でイッたようだ。

にゅるにゅるとまとわりついてくる膣肉に、俺は言いようのない満足感に浸っていた。

「さて、約束どおり話してもらおうか」

「仕方がない、約束は約束だ……」

行為の後、エリナが落ち着いたところで、俺は改めてそう切り出した。

それに対して、彼女がしぶしぶと頷いて返す。

「だが、私が話すよりも実際にその目で見てもらったほうが早いだろう」

「見るってなにを？」

「表向きに公開されている遺跡とは別の……隠された遺跡をだ」


「ここが、その隠された遺跡なのか？」

「ああ、そうだ。普段は魔法で保護されている。意識しなければ気づくことはない」

「なるほど……」

エリナに案内された場所。それは、森の最奥……滅多なことでは誰も足を運ばないであろう場所だった。

確かにこんなところにある遺跡を魔法で隠されていたら、見つけるの難しいだろう。

「ここには、ハイエルフの残したものが数多くある。私たちには理解できないが、もしかしたらヤスヒロにはわかるかもしれないな」

「よし、それじゃさっそく見てみるか」

俺はわくわくする気持ちを抑えきれずに、遺跡の中に足を踏み入れた。

しかしてそこには……俺の望む答えがすべて用意されていた。

「これは……俺が召喚されたときと同じ魔方陣じゃないか……それに、日本語の本が、こんなに……」

俺はそこに置かれていた全ての本に、順番に目を通す。

「……やっぱり、そうだったのか」

数千年前、滅びの危機に瀕したエルフたちは、神に助けを求め、召喚を行った。

そのときに現れたのが、俺と同じ日本人だったのだ。

そしてその日本人は、他者の能力を強化する力を持っていた。

まるでそう、俺のブーストのような……。

結果、その日本人の影響でエルフは強大な力を手に入れ、ハイエルフと呼ばれるようになった……。

そして自分たちを救ってくれた日本人を神として崇めたのだ。

しかしハイエルフたちは、自分たちの力を守るため、異世界の人間の血と混ざり続けた。

だが、その人間たちは最初の日本人ほどの力はなく、結果、力が弱まり、いまのエルフになったのだ。

そんな歴史をしたためた書物とともに、俺はついにそれを発見する。

その書物には……元の世界に戻るための方法が記されていた。

「…………」

「どうだ？　ヤスヒロ、何かわかったか？」

「ああ、おかげさまで、バッチリわかったよ。取りあえず、帰ろう」

俺はもとの世界に戻る方法が書かれた本を持ち帰ることにする。

まず街まで戻ったら、長老と話さなくちゃな……。


「なに？　元の世界に戻る方法を見つけた!?」

「ええ、隠された遺跡ってところで、しっかりと」

「ば、ばかな、なぜあの場所を!?」

俺の言葉に長老が驚いた顔をする。

それに対して俺はしれっと答えた。

「たまたま魔物がいないか見回っていたら、みつけたんですよ」

「むむぅ……」

「それと他にも色々とわかりました」

エリナのことは言えない。だがそのぶん、俺はその遺跡で知ったことは包み隠さず、長老に伝えた。

ハイエルフの由来、そして、彼らが神と崇めていた存在について……。


「な、なんと、それは真《まこと》なのか……？」

「信じるも信じないも自由です。全部、この本に書いてあったことですから。ちなみにこの文字は、俺が住んでいた国の文字なんです」

日本人以外の異世界人を召喚しても、こんなのは読めないだろうしな。

どうも日本とこの世界は時間の流れがまったく違うようだし、何代目に召喚されたのかも分からないが、歴史を知った何人目かの日本人が書いたものなのかもしれないな。

「そんなことが……」

自分の一族の真実を知って、長老は動揺しているようだった。

「それで……田辺、お前はどうするつもりなのだ？」

帰る方法がわかったことについて聞いているのだろう。

「それは……しばらく考えさせてください」

色々なことがわかって、俺自身、まだ気持ちの整理がついていなかった。

だから俺はそう答えると、そのまま嫁たちの待つ家に帰ることにした。

「はぁ……本当にどうしようかな……」

こちらの生活に不満はない。未練もなかった。

だが、それもあちらに帰る方法がないという諦めが大きかったのかもしれない。

いざ日本に帰れるとなると……俺のなかにもまだ、少しは迷う気持ちがあった。

最高のエルフ嫁さえいればいい。それは本心なんだけど。

「旦那様……ちょっといい？」

「ん？　ああ」

扉の向こうからカタリナの声が聞こえてくる。

俺の返事を聞くと、彼女が部屋の中に入ってきた。

そして俺に飛びつくと、ベッドの上にいきなり押し倒してくる。

「わっ、お、おい、カタリナ？」

「ふふ、今日の子作りは私の番よ。忘れたの？」

「悪いけど、いま、そういう気分じゃ……おおうっ」

「あら、ここはそうは言っていないみたいだけど？」

カタリナが俺の股間をさすってきて、刺激に反応した俺のモノが大きくなっていた。

「いや、これは……」

「いっぱい気持ちよくしてあげるわね」

そう言うや否や、カタリナがズボンから俺のモノを取り出す。

ガチガチに硬くなったチンポを見て、目を輝かせた。

「ああ、やっぱり逞しくて素敵……！」

そう言って、俺のペニスを手でしごいてくる。

すべすべとしていて柔らかな感触が心地いい。

「うぁっ、カタリナ……」

「どう？　私の手、気持ちいいでしょ？　でも、これだけじゃないのよ」

「えっ……あうっ」

カタリナが俺の上着をまくりあげたかと思うと、乳首に舌を這わせてきた。

ぬるぬるとした舌で舐められる感触に、背中がぞくぞくとする。

「んっ、れるっ……どう？　気持ちいいでしょ？　れるるっ、ちゅっ、んちゅっ……ちゅちゅっ……」

「あ、ああ、すごくいいよ……」

「ぴちゅぴちゅ、んちゅっ……れるっ……乳首大きくなってきた……可愛い……」

「あくっ」

乳首を責められて、思わず声が出てしまう。

それだけ彼女のテクニックは、相変わらずさすがだった。

「れるっ、んちゅっ……おチンポ、びきびきに硬くなってる……んんっ、ドクドクって脈打って……はふっ……」

彼女の手の中で、俺のモノがびくびくと暴れていた。

先っぽからはすでにカウパー汁があふれ出している。

「んっ、ちゅっ……れるるっ……ちゅぴちゅぴ……んっ、私の手の中ですごく暴れてる……れるるっ……」

「うっ、くっ……」

ぎゅっぎゅっと、カタリナがペニスを握る手の力に強弱を加えてくる。

休みなく与えられる刺激を前に、全身が興奮から熱くなっていくのがわかった。

「旦那様、気持ち良さそうな声……ぴちゅぴちゅ……ちゅっ……ちゅるるっ……ちゅくちゅく……ちゅっ……ちゅぱちゅぱ……」

ぬるぬるとした舌が、俺の乳首にまとわりついてくる。

そのたびに、ぞわぞわとした快感が全身を走り抜けていく。

「んっ、おチンポびくびくってしてして、えっちなお汁、止まらないよ？」

「カタリナの手が気持ちよすぎるんだよ」

「ふふ、そう言ってもらえると嬉しい……あんっ、私の手、ぬるぬるになっちゃった……」

嬉しそうに微笑むと、カタリナが手の動きを更に激しくする。

竿の部分をぎゅっと握り締め、ねじるように回転させた。

「くぅっ……！」

今までとは違う刺激に、思わず腰がはねてしまう。自分でも息が荒くなるのがわかる。

カタリナが俺の乳首を強く吸いながら、手のひらをペニスの先端にあてて、ぐりぐりと押し込んできた。

さっきとはまた違う刺激に、どんどん快感が高まっていく。

「んちゅっ、ちゅちゅっ……れるっ……ぴちゃぴちゃ……ちゅうぅっ……んっ、んちゅっ……どう？　旦那様？」

「あ、ああ、気持ちよすぎてやばい……」

メルヴィやエリナも奉仕してくれるが、ここまで積極的じゃない。

女の子に愛撫してもらうというのも、これはこれでなかなか悪くなかった。

「いつでも、ピュッピュしていいんだからね？　んちゅっ……ちゅっ、ちゅぱちゅぱ……」

「そんなにされたら、本当に出ちゃいそうだよ」

「だから遠慮しなくてもいいのよ。んっ、れるっ……ちゅるる……ぴちゅぴちゅ……」

自分の大きな胸を押し付けるようにしながら、カタリナが言う。

その柔らかな感触に、俺のペニスが反応する。

「あっ、おっぱい押し付けられるのいいんだ？　ほらほら」

そのことに気づいたカタリナが、さらに胸を押し付けてくる。

ペニスがビクビクと震えながら限界が間近に迫っていることを訴えていた。

「んんっ、おチンポの先っぽ膨らんできた。出そうなの？　れるっ……れりゅりゅっ……！」

「ああ、もうイク……くうぅっ……!!」

ぎゅっと強く、カタリナが俺のモノを握り締める。

その瞬間、凄まじい勢いで射精していた。

ペニスの先端から、ビュルルっと精液が飛び出す。

「あはっ、精液出たあっ……んんっ、すごくエッチな匂い……あんっ、あ、あふっ……」

カタリナの手の中で暴れながら、俺のモノが射精を繰り返す。

「んっ、もったいない……れるっ……ちゅくちゅく……」

「お、おい、カタリナ」

俺の乳首から顔を離したかと思うと、今度は射精したばかりのペニスを舐め始めた。

イッたばかりで敏感になっている俺のモノが、いつもより過敏に反応する。

「はふっ、ん、んちゅっ、れるっ……精液、おいしい……ちゅるるっ……ちゅっ……ぴちゅぴちゅ……」

ペニスについた精液を、ほんとうに美味しそうに舐め取っていく。

ぬるりとした舌が動くがたびに、凄まじい快感が襲ってくる。

そうして俺のモノは、あっという間に硬さを取り戻していた。

「あは、また大きくなった。んちゅっ……れるるっ……ちゅっ……ちゅぽちゅぽ……んちゅっ……ちゅっ……んんっ……」

「カ、カタリナ、そんなにされたらまた出ちゃうよ」

「んっ、いいわよ、出して。私に精液、もっと飲ませて……」

ぞくぞくっとするような熱っぽい声で、カタリナが言う。

確かにそこには欲望の色が滲んでいた。

「それも悪くないけど、どうせならカタリナの中に出したいな」

「あら、旦那様ったら……でも、私もアソコが熱くって、もう我慢できないかも……」

カタリナが俺のモノから顔を離す。

そして潤んだ瞳で見つめてきた。

「ねえ、旦那様、貴方の逞しくて立派なおチンポ、私の中にちょうだい？」

「ああ、喜んでっ」

「きゃっ♪」

俺はさっきまで悩んでいたことも忘れて、本能のままカタリナの身体を押し倒す。

そんな俺の前で、彼女は自分から大きく太ももを開いた。

そして、衣服を脱ぐと両手でアソコを左右に開く。

パクパクと物欲しそうに、アソコがひくついていた。

あまりにいやらしい光景に、俺は思わずごくりと唾を飲み込む。

「ねっ、見ていないで、おチンポ早くぅ」

「いま入れてあげるよ」

俺はカタリナの言葉に答えて、先端をアソコにあてがう。

そして、ひくつくピンクの穴の中に一気に突き入れた。

「あぁっ、おチンポきたぁっ！　あんっ、奥まで届いてるぅっ」

嬉しそうにカタリナの膣内が俺のモノを締めつけてくる。

彼女の中はすでに熱く蕩けていた。俺はたまらずに腰を動かし始める。

「おチンポ動いてる……ひゃんっ、んっんっ、んくっ、ん、んんっ、これ、これが欲しかったの……んああっ！」

ペニスを何度か往復させると、カタリナの中はすぐに愛液で潤い始めた。

膣内全体で俺のモノを絞り上げてくるように動く。

「くぅっ、カタリナの中、すごく締まって……」

「ねっ、この前みたいに、いっぱい、精液びゅーびゅーして？　旦那様の精液が欲しいの、お願いっ！」

懇願するように、カタリナが言う。

彼女の気持ちを表すかのように、膣肉がうねりながら絡みついてくる。

俺はブーストの力を使うと、カタリナの要望に応えることにした。

「ようし、たっぷり出してやる。覚悟しろよ」

「うん、いっぱい出してっ……あんっ、あ、ああっ、あ、あふっ、赤ちゃんできちゃうぐらいっ、んんーっ」

俺は奥までペニスで貫くと、そこで一回射精してやる。

「あっ、出てるぅっ！　熱いのドクドクってぇ、子宮に注がれてるっ……!!」

膣内に射精されて、カタリナが嬉しそうに声を上げる。

俺はそのまま、精液を膣内にすり込むようにピストンを続けていく。

「あぁっ、あっあっ、あんっ、あ、相変わらず、射精しても、硬いままで、おチンポすごいぃっ、ん、んはあっ、ん、んうぅっ」

ぶるんぶるんと大きな胸を揺らしながら、カタリナが嬌声を上げる。

彼女の中はどこまでも俺のモノを飲み込み、そしてきつく締めつけてきた。

愛液と精液が混ざり合い、ピストン運動を助けてくれる。

ぐちょぐちょになったその膣内を、容赦なく往復していく。

「あっあっ、あんっ、旦那様のおチンポでおまんこ擦られると、すぐイっちゃうっ……ひあぁああっ！」

「ぐっ……」

ぎゅうぅっとカタリナの膣内が俺のモノを締めつけてきた。

その刺激に俺は二度目の射精を行う。

「ふあああぁぁあああっ！　ビュルルって出てるうっ！　あんっ、あくっ、あ、あひっ、あっあっ、ああっ!!」

大きく背中を仰け反らせながら、カタリナが俺の精液を受け止める。

膣内がまるで別の生き物のようにうごめき、ペニスを締めつけてきた。

「こ、こんな簡単にイッちゃうなんて、私、旦那様のチンポに調教されちゃった……んんっ、ん、んぅっ」

「いいじゃないか。カタリナのおまんこは、俺専用なんだから」

「うん、そうなの。だからもっといっぱいマーキングしてぇっ……あぁっ、あふっ……」

俺はカタリナの言葉にさらにピストンを激しくしていく。

ペニスを出し入れするたび、ぐちゅぐちゅと粘ついた音を立てた。

彼女の中はすでに熱くとろけきり、俺のモノを愛おしそうに飲み込んでいた。

「んんっ、奥、ゴツゴツあたるのいいのっ……ひぅっ、ん、んくっ、んんっ、んはっ、あ、ああっ、あんっ、ふぁぁあっ！」

俺は思いきり奥までペニスを押し込んでいく。

カタリナの中はどこまでも深く、俺のモノを飲み込んでいった。

そのまま腰を押し付けて、ぐりぐりと回転させる。

「ああっ！　おチンポ、中ですごい暴れてるぅ！　ひううっ、うんっ、あ、あうっ、ああっ、あ、あふっ！」

膣内がうねるようにしながら俺のモノにまとわりついてきた。

ペニスを出し入れするたびに膣壁できつくしごかれ、全身に鳥肌が立つような快感が襲ってくる。

俺はさらにピストンの速度を上げていく。

「んんっ、んぅっ、んあっ、あっあっ、あんっ、おチンポすごいっ……！　ひぁっ、あんっ、あ、あうっ、ああっ、あ、あふっ」

「カタリナの中、ひくひくしているよ。またイクのか？」

「え、ええ、イキそうなの……だから、精液出して……私のおまんこ、種付けしてぇ……！」

「ああ、わかったっ！」

「ひゃうんっ‼」

ペニスを思いきり突き入れると、先端が子宮口にぶつかる。

俺は射精すべき場所を意識して、最高に気持ちの良い発射を行う。

途端に、カタリナの中が強烈なまでに締めつけてきた。

「ぐっ……」

「んんぅーっ！ んあっ、あ、あぁっ、赤ちゃん汁、注ぎ込まれてるぅっ！ ひぁっ、あ、熱い……あんっ……」

「まだまだ、もっと出してやるからな」

ブーストで強化したおかげで、俺の性欲は衰えることを知らなかった。

硬いままのペニスで、なおも激しくカタリナの膣内を往復していく。

「あんっ、あっあっ、イクっ……イクの止まらないっ……気持ちいいっ……‼ ひゃうっ、ん、んはぁっ‼」

精液と愛液が混ざり合ったカタリナの中は、ひたすらに俺のモノを締めつけてくる。

ズチュズチュといやらしい音が部屋の中に響き渡っていた。

「ほら、聞こえるか？　カタリナのおまんこ、こんなにエッチな音、出してるぞ」

「あんっ、ん、んんっ、聞こえるっ……あぁっ、興奮しちゃう……ひぐっ、ん、んんっ、んくっ……」

いつしかカタリナの足が俺の腰に回されていた。

まるで俺のペニスを逃すまいとしているかのようだ。

「はぁはぁっ、あんっ、あ、ああっ、私の中、旦那様のチンポでいっぱいになってる。気持ちいいところ、全部擦れてっ……ひうぅっ」

「うん、痛いぐらいに、俺のモノを締めつけてきてるよ」

「あんっ、だって、旦那様のおちんちん、良すぎるんだものっ……ひうぅっ、ん、んっんっ、んくっ、ん、んあっ、んんっ‼」

「俺もカタリナのおまんこ最高だよ！」

「ふあぁっ、嬉しい……んくっ、ん、んんっ……はひっ……あんっ、あ、ああっ、あふっ、ああっ！」

カタリナが足だけでなく、両腕も俺の身体に回してくる。

そしてぎゅっと抱きしめてきた。

直接、その柔らかな乳房が俺の胸に押し付けられる。

その感触を楽しみながら、彼女に顔を近づけると唇を重ねた。

「んむっ……んちゅっ、ちゅっ……あんっ、舌、入ってきて……ちゅるるっ……ちゅぷちゅぷ……んちゅっ……ちゅちゅっ！」

俺はカタリナと熱烈に舌を絡めあう。

こちらから唾液を流し込むと、こくこくと喉を鳴らしながら飲み込んでいった。

「あぷっ、んっ、んくっ……ぴちゅぴちゅ……ちゅっ、ちゅぱちゅぱ……れるるっ……れりゅっ……」

舌を絡め合うたび、頭の奥が甘く痺れるような快感が襲ってくる。

俺たちは互いに夢中になって求め合った。

「ちゅぱちゅぱ……旦那様、好き、好きなのおっ……」

「俺もだよ、カタリナ、愛してる」

「れるっ、ぴちゅぴちゅ……ちゅちゅっ……あんっ、もっとしてっ……もっと、私のこと感じさせてっ……」

「ああ、わかった……!!」

俺はより激しく、彼女の中にペニスを出し入れしていく。

熱くとろける膣内がこれでもかと俺のモノを締めつけてくる。

その刺激に腰がビクンっと跳ね、射精していた。

「あぁっ、あんっ、おチンポ射精してるぅっ……ふあぁっ、私のおまんこ、ごくごく美味しそうに飲んじゃってる……ひぁっ、あ、あふっ、あぁっ！」

射精された刺激で、カタリナもイッてしまう。

絶頂すればするほど、おまんこの具合も良くなっているようだった。

「はひっ、ん、んうぅっ、んあっ、ん、んんっ、ああっ、私の中、旦那様の精液でいっぱい……んうぅっ……」

ペニスを出し入れするたび、収まりきらなかった精液が飛び散っていく。

互いに繋がり合った部分は、すっかりぐちょぐちょになってしまっていた。

「あんっ、あ、あぁっ、あふっ、あっあ、あんっ、ん、んくっ……はひっ、ん、んんっ……」

「くっ、カタリナの中、良すぎていくらでも射精できそうだよ」

「え、ええ、精液出してっ、私に種付けしてぇっ、んんっ、んくっ、んあっ、あ、ああっ……」

「そんなに俺の赤ちゃんが欲しいのか？」

「欲しいっ、私と旦那様の赤ちゃんっ！　んんっ、んあっ、あ、あんっ、あ、あふっ」

「よし、絶対に孕ませてやるから、覚悟しろよ」

「んっ、んくっ、んんっ、んあっ、あ、あふっ、あ、ああ……んんっ、んーっ！」

全身に汗を浮かせながら、ひたすらにピストンを繰り返す。

行き止まりに亀頭がぶつかるたびに、カタリナは軽くイッているようだった。

「ひぐっ……んっん、んあぁっ、あっあっ、あんっ、あぁっ……ん、んうぅっ、ん、んくっ、んんーっ！」

何度も何度も、強烈なまでに締めつけてくる膣内に、俺はまた射精していた。

ドクドクと子宮に注ぎ込みなら、腰を動かし続ける。

「あひっ、射精しながらのピストンすごいのぉっ……精液、おまんこに、すりこまれてるぅっ……あぁっ、あんっ、あうぅっ！」

「ほら、受精しろっ……！　エルフまんこで、人間の子供を孕めっ！」

「はいぃ、人間の赤ちゃん、妊娠しますぅっ！　あんっ、あっあっ、あうっ、あ、あひっ、んうぅっ!!」

俺は夢中になって種付けセックスを続ける。

自分でもわからなくなるぐらい何度もカタリナの中に射精し続ける。

「ふあぁっ、お腹、精液でたぷたぷになってるぅ……これだけ出されたら、絶対に妊娠してるのぉ……ひあぁっ、んあぁっ」

「まだまだ、これぐらいじゃ終わらないぞっ！」

「んうぅっ、おチンポ、さっきより大きくなってるっ……おチンポ強化セックス最高ぉっ、こんなの忘れられなくなるぅっ！　あんっ、んくぅっ！」

アソコから精液を溢れさせながら、カタリナが歓喜の声を上げる。

カリ首で、ぐりぐりと子宮口を刺激してやる。

すると、カタリナが大きく背中をのけ反らせた。

「だめぇっ、それ刺激強すぎるぅっ、私、イッちゃうっ、イクのぉっ！　ふぁぁあああっ！」

「うくっ……」

俺自身、感度を強化することでちょっとした刺激で射精してしまう。

その後も俺はひたすら彼女のおまんこを貪るように味わい続けた。

それこそ、体力を強化したにも関わらず、カタリナが気絶してしまうまで……。


「どうだ？　満足したか？」

「うん、最高だったわ……これなら、きっと妊娠しているわね」

セックスを終えた後、カタリナが自分のお腹をさすりながら言う。

いま彼女の子宮は、俺の精液でたっぷりと満たされていた。

「それにしても今日はずいぶんと激しく求めてきたけど、どうしたんだ？」

「だって、旦那様、元の世界に戻れることになったんでしょう？」

「えっ、どうしてそれを……」

「もう、街中の噂になってるわよ」

「マジか……」

長老が誰かに相談するか何かで話したか、いつも周囲に控えている側近から広まったか……。どちらにしても、みんな知っていると考えて良さそうだ。

「だから、旦那様が元の世界に戻る前に、どうしても赤ちゃんが欲しかったの。そうでないと、能力が宿らないから」

「えっ？ どういう意味だ」

「あれ？ 知らなかったの？ 稀人の子供はその親の能力を受け継ぐ場合があるのよ。そうやって、私たちの一族は力を保ってきたの」

「……そうだったのか」

恐らくそれこそが、稀人が召喚される本当の理由に違いない。

言ってしまえば、種馬のようなものだ。過去の文献からすれば、特殊な能力を持つことは珍しいようだが、俺はつまり、当たりの稀人なのだろう。

まあ、一族の血を守るためなんだろうが、正直、あまり面白い話ではなかった。


「ふあぁ……おはよう」

「あっ……康弘」

「ヤスヒロ、お前、あの話は本当なのか⁉」

翌日の朝。リビングに行くなり、いきなりエリナが凄い勢いで俺に詰め寄ってきた。

「わっ、なんだよ、あの話って」

「あの話はあの話だ‼」

「ちょっと、落ち着いて、エリナ」

「これが落ち着いていられるか！　ヤスヒロが元に世界に戻るかもしれないんだぞ‼」

なだめようとするメルヴィの言葉に、エリナがそう返す。

そこでようやく俺は合点がいった。

「ああ、あの話って、俺が元の世界に戻る方法を見つけたことか」

「そうだ、本当なのか？」

「ああ、本当だよ」

「……っ！」

「なっ……やっぱりそうなのか」

俺が頷いて返すと、メルヴィとエリナが驚きの表情を浮かべていた。

そういえばカタリナの姿が見えないが……昨日、あれだけセックスしたからまだ寝ているのだろう。

「そうそう、ふたりにはお礼を言っておかないとな。遺跡に案内してくれたおかげで、いろいろと知ることができたからさ」

「……ねぇ、康弘。遺跡を調べていたのは、元の世界に戻る方法を見つけるためだったの？」

「それであんなに熱心に調べていたのか……」

「いや、そういうわけじゃないけど」

元々は遺跡を残したのは誰か、そしてハイエルフと神について知りたかっただけだ。

「理由は何でもいいわ……それよりも、康弘は元の世界に戻るつもりなの？」

「そうだ、どうするつもりなんだ？」

ふたりが真剣な表情を俺に向けてくる。

そこには、かすかな不安の色が見て取れるようだった。

「うーん、そうだなぁ……」

「私を嫁にしたんだ。最後まで責任は取ってもらうぞ」

「……ダメよ、エリナ」

「何故だ、メルヴィ。康弘が元の世界に戻ってもいいというのか？」

「そうは言わないけど……もともと、彼はこの世界の人間じゃないのよ。私たちに引き止める権利は無いわ」

「それは……」

「私は……康弘がしたいようにするのが一番だと思う……」

「メルヴィ……ありがとう」

いつだって彼女は俺のことを一番に考えてくれている。

そのことが純粋に嬉しかった。

「すみません、田辺様はいらっしゃいますか？」

と、そのとき、玄関のほうから誰かの声が聞こえてくる。

こんな朝早くに、どこの誰だ？

そう思いつつ玄関に向かうと、そこに待っていたのは長老の使いで……。

そして、至急、俺に長老のところへ向かって欲しいとのことだった。


「わざわざ呼び出して、なんですか？　長老」

「田辺……いえ、田辺様！　お願いです、何卒、この世界に留まってください」

俺の顔を見るなり、長老がいきなりその場に伏した。

「ちょっ、どうしたんですか」

「昨日、貴方様のお話を聞いて確信いたしました。貴方こそ、我々が長年求めてきた、神であると！　ですから、どうか‼」

「そんなこと言われてもな……勝手に召喚したと思ったら、稀人の持っている力が目的だったんだろ？　そんな大事なことを隠していた相手の言うことを聞く必要はないと思うんだけど」

「今までの非礼はお詫びします。このとおりです!!」

必死な様子で、長老が俺にお願いしてくる。

よっぽど、俺の稀人としての力が欲しいらしい。

確かに俺が調べたとおりなら、エルフの一族はもう一度、ハイエルフの力を手に入れられるはずだからな。

とはいえ素直にお願いを聞くのもしゃくだ。

さて、どうしたものか……。

エルフ嫁という素晴らしい贈り物を貰ったの確かだしなぁ……。

俺はしばらく考えてから、ゆっくりと口を開いた。

エピローグ　選択すべきはエルフ嫁

俺が元いた世界に戻るための魔法陣は完成した。せっかくだから、書物のとおりに描いてみたのだ。あとは返還の魔法を行うことで、いつでも戻ることができる。

本来のエルフたちの魔力では召喚するだけで限界だが、俺のブーストを使えば話は別だ。

というか最早、エルフの力も必要ない。

自分自身の魔力を強化すればいいだけなのだから。

だから俺は魔法陣を前に、返還のための呪文を――。


「みんな、ただいまーっ！」

唱えることなく、家に帰った。

考えてもみろ、ここは夢にまで見た俺の理想の世界なんだぞ。

なんでむざむざ、あの退屈で辛い生活に戻らなくてはならないんだ。

ここに骨をうずめる覚悟は、最初の日にできていたのは嘘なんかじゃない。

「や、康弘？　貴方、元の世界に戻ったんじゃ？」

「やめた。俺は一生こっちの世界にいるよ」

「本気か？　お前」

「ああ、何せこっちには俺の大事な嫁が三人もいるからな」

「康弘……」

「お前ってやつは……本物のバカだな。だが、それでこそ私が見込んだ男だ」

「さすが私の旦那様！　そうこなくっちゃ」

「それに自分の力も分かったし、色々とできそうだからな」

ブーストの力を使えば、エルフ並に寿命を延ばすことだって可能そうだ。

それだけじゃない、かつてのハイエルフが残した高度な魔法なども、復活させられるかもしれない。

そんなことを考えたら楽しくて、ますます元の世界になんて戻っていられない。

「というわけで、改めてこの世界で暮らすことにしたので、気分を新しくしてみんなで子作りしよう」

「待って、どういうこと？」

「その発想はどこから出てきたんだ」

「いいじゃない、私は賛成よ」

カタリナはほんとうに、良い性格だよな。エルフとは思えないけど。

「まあ、別に私も嫌っていうわけじゃないけど……」

メルディは俺の理想そのものだ。もちろん、子供がたくさん欲しいぞ。

「そうだな。どちらにしても子作りは必要だ」

エリナもすっかり嫁らしくなった。俺の野望に欠かせないダークエルフ嫁だ。

「じゃあ、みんな賛成ってことで、子作りするぞ！」

理由だの長老だのなんか、関係なかったんだ。

俺の愛妻たちは三人とも、こんなにも素敵なのだから。


「んんっ、この格好、恥ずかしい……」

「何やらドキドキするな……」

「そう？　私は興奮するけどね、旦那様」

全裸になった三人が、ベッドの上で俺にお尻を向けていた。

三つのおまんこが並んだ状態で、物欲しそうにひくひくとしている。

そう、俺はこの三人のエルフ嫁を好きなように犯していいのだ。

人間のどんな美女よりも美しく、なにより俺を愛してくれている。

やっぱり元の世界に帰るなんて、考えられないよな。

俺じゃなくても、誰だってそう思うはずだ。

「さて、まずはメルヴィのおまんこから、いただきまーす！」

ここはやはり最初の嫁からというわけで、俺はメルヴィの秘部にペニスを挿入する。

当然、ブーストによって、ペニスの性能は極限まで強化していた。

そして、三人の体力と感度も……。

「あぁっ！　硬いの入ってきたぁっ！　や、やだ、入れられただけなのに、イクぅっ!!」

俺にペニスを入れられて、メルヴィがイッてしまった。

びくびくと震えて背中をのけ反らせているのが、とっても可愛らしい。

「うーん、エルフの絶頂おまんこ、気持ちいい……取りあえず、一発目、と」

「あっあっ、熱いの出てるぅ……!!　ふあぁぁっ、また、イクぅっ!!」

膣内に射精されて、メルヴィがまた達していた。

俺はその姿を楽しんでから、ペニスを引き抜く。

「お次は、エリナ」

「えっ、そんな急に、まだ心の準備が……ふあぁぁあぁあっ!?」

エリナのおまんこにペニスを挿入すると、彼女もメルヴィと同じように達してしまった。

感度を上げているだけあって、すごい反応だ。

当然、射精してあげることも忘れない。

「あっあっ、熱いのドピュドピュって出てるぅっ！　んんーっ！」

やはりエリナも膣内に射精されて、イッたようだ。

まだまだペニスを逃がすまいとするように、膣肉がまとわりついてきた。

俺はそれを振り払うようにして、エリナの中からペニスを引き抜く。

そして俺の精液とふたり分の愛液でべちょべちょになったチンポを、カタリナの中に一気に突き入れた。

「ふあぁぁああぁっ、おチンポきたぁぁぁあっ！」

「どうだ？　ふたりのおかげで、俺のチンポ、ぬるぬるだよ」

「はぁはぁっ、ふたりの愛液を潤滑油の代わりにするなんて、エッチすぎぃ……ひうぅっ、ん、んんっ、んあぁあっ」

ゴツゴツと亀頭で行き止まりをノックすると、カタリナも絶頂を迎える。

三発目だろうと関係なく、俺は大量の精液を吐き出していた。

「あぁぁああっ、あんっ、あ、あうっ、あ、あぁっ、精液出てるぅ……はひっ、あぁあっ、あんっ」

「ふぅ、準備運動はこんなところかな。ここから全員、思いきり可愛がってやるからな」

今、誰に入っているのかも意識できないほどの勢いで、休むことなく三人のおまんこにペニスを突き入れていく。

「んっんっ、んぅっ、んぁっ、あ、あんっ、あ、あふっ、あ、あぁっ、おチンポすごい……私のこと、孕ませようとしてるのわかるっ！」

「はぁはぁっ、あんっ、ビュルビュル、精液出てるっ、これじゃすぐに、子宮の中いっぱいになってしまう……ひあぁっ」

「あーっ、あーっ、旦那さまのチンポ、やっぱり最高……！　んんっ、んひぃっ、いっぱい種付けしてぇっ!!」

三人のエルフが俺のモノで乱れ、喘ぎ、感じまくっていた。

全員を孕ませたいと思う欲求のままに、ピストンをひたすら繰り返す。

「あぁっ、あんっ、あ、あぁっ……強化チンポすごすぎるのぉっ……はひっ、ん、んんっ、んぅっ、ん、んんっ」

「腰、勝手に動いちゃう……ひゃんっ……ふぁあっ、あっあっ、あんっ、あ、あぁっ、あくっ、あ、ああっ！」

「もっと、もっと子種ちょうだい……私のエルフまんこに、いっぱい注ぎ込んでぇっ!!」

そして三人も貪欲なまでに俺の精液を求めていた。

ここまでエルフに求められるなんて、あっちの世界にいた頃は、ただの妄想でしかなかった。

　しかし今、目の前に広がる光景はまぎれもない現実なのだ。

「ひうぅっ、んっんっ、んくぅっ、ん、んはぁっ、ん、ん、あんっ、あ、あぁっ、チンポごりごりってされるのいいっ……ふあぁぁああっ！」

「硬い、硬いのぉ……あん、あ、あふっ、あ、あぁっ、あっあっ、あんっ、あふっ!!」

「んくっ、ん、んんっ、ああっ、おちんちん、射精してる……チンポミルク、きくぅ……ひゃうぅううっ!!」

　パンパンと腰と腰がぶつかりあう音がいやらしく響き渡る。

　俺のモノはまったく硬さを失わず、愛液と精液でドロドロになったおまんこを容赦なく犯していく。

「んっ、んくっ、んあぁぁっ、んひっ、ん、んんっ、んあっ、奥、精液当たってる……あんっ、私のおまんこ、ヤケドしちゃうっ……」

「はぁはぁっ、おチンポ出たり入ったりしてっ、奥突かれると気持ちよすぎて、頭の中真っ白になるぅっ！　ひあ、あ、あんっ、あくっ……!!」

「イクの止まらないっ……んんっ、子宮に子種注ぎ込まれて、だらしなくイッてるのぉっ！　あんっ、んんっ、んーっ！」

　全員がすっかり乱れきっていた。

ベッドをぎしぎしと激しくゆすりながら、ひたすらに快楽を求めている。

「メルヴィのおまんこも、エリナのおまんこも、カタリナのおまんこも、どれも最高だよっ!! エルフまんこ最高!」

俺は思わずそう声に出していた。

三人のエルフのおまんこを同時に味わえる興奮に、ますますペニスが硬く、大きくなってしまう。

「わ、私も、康弘のおチンポ最高なのぉっ！ あぐっ、ああっ、あんっ、あ、あふっ、あっあ、ああっ、あぐっ」

「んんっ、激しいっ……そんなにされたら、私のおまんこ、壊れてしまうっ……ひゃんっ、んっんっ、んあっ、あ、あふっ」

「ああっ、ぐりぐりってされるの好きぃっ！ またイッちゃうっ……イキながら、膣内射精されてるううぅぅうっ！」

どのおまんこも俺のペニスに吸い付き、放すまいとしてくる。

その淫肉のどんな抱擁をも振り払って、ペニスを引き抜いては、順番に嫁まんこを犯していく。どのまんこを孕ませていい。ここは、そんな幸せな世界なのだ。

ほんとうにエルフのおまんこを味わえるなんて、こんな贅沢が許されていいのだろうか。

「あっあっ、あんっ、あ、あぁっ、あふっ……ひあぁあっ、ん、んくっ、ん、んあぁっ、あ、あんっ、あ、あぁっ」

「大きいの、出たり入ったりするたびに、頭の中、真っ白になって、おチンポのことしか考えられなくなっちゃうっ！　ひゃんっ、ん、んはぁっ！」

「はぁはぁっ、あっ、んっんっ、ん、んあぁっ、ん、ん、んんーっ！」

何度イッても、まだまだ三人のおまんこを味わい足りない。

俺はカリ首で膣壁をえぐるように、ピストンを繰り返す。

「んっん、んあぁっ、ん、んひっ、ん、んあぁっ、あ、あんっ、あ、あぁっ、あふっ、あ、あ、あああぁああっ！」

メルヴィのアソコから大量の愛液が噴き出す、膝ががくがくと震え、激しくイッているのがわかった。

膣肉はますますペニスの肉茎にしがみつき、俺に激しい快感を与えてくる。

「はふっ、あっ、あんっ、あ、ああっ、おちんちん、ズボズボいいっ……あんっ、あ、あぁっ……」

そしてエリナのアソコからも愛液が溢れ出し、太ももまでぐっしょりと濡らしていた。

セリフどおりのズボッ、ズボッという感覚。亀頭を肉壺に押し込んでいるという快楽。

いつもの凛々しい戦士としてのエリナの姿もなく、ひたすら淫欲を求めてくる。

「あぁっ！　おまんこイクぅぅぅうっ‼」

エリナがイッたところで、ペニスをすぐにカタリナに。

「あんっ、膣内射精いいっ……ふあぁぁあっ、子宮に甘いのが広がって……あぁっ、またイッちゃうのっ……んんーっ！」

もう何度射精したか、何度イかせたかわからない。

だがブーストの力でまだまだ俺のペニスは衰え知らずだった。次はまたメルディだ。

「んくっ、んんっ、んぅっ、ん、んぁっ、んんっ、赤ちゃんの部屋、ゴツゴツってノックされてる……あんっ、あ、あひっ、また精液きたっ」

「メルヴィのおまんこ、俺のを逃がしたくないって、しゃぶりついてきてるよ」

「だ、だってぇ、本当はずっと入れておいてほしいんだものっ！　あんっ、あ、あふっ」

「独り占めはなしだぞ、メルヴィ。私たちだって、ヤスヒロのチンポが欲しいんだ」

「そうよ、もっともっと射精してもらうんだから」

「わかってるぅ……でもこのチンポよすぎるのぉ！　んんっ、んはぁっ、ん、んくっ、ん、んぁっ、んあああっ！」

「悪いな、メルヴィ。これは、三人のチンポだから」

「あんっ、チンポ……出ていっちゃった……」

「今度は私の番……ふあぁあぁっ」

メルヴィの中からぬろりとペニスを引き抜くと、エリナの中に突き入れる。

彼女の中も、同じように燃えるような熱さだ。

「ふあぁぁっ、あんっ、もっとチンポ味わっていたいのに、こんなのすぐイクぅっ！　ひううぅっ、ん、ああんっ！」

大きく背中をのけ反らせながら、エリナが絶頂を迎える。

全身引き締まったエリナの狭い膣内が、ぎゅうぎゅうと容赦なく、俺のペニスを締めつけていた。引き抜くにも苦労するほどのきつさだ。

ペニスを抜いたあとのエリナのおまんこは、俺の形に開いたままで、パクパクといやらしくひくついていた。

それを目にしながら、何度目かのカタリナの中に挿入する。

「んんっ、んーっ、んくっ、ん、んはぁっ、本当にずっと硬いままで……すごいのっ……人間チンポに何度もイかされてっ……はひっ、あ、あんっ」

「カタリナのエルフまんこも、すっかり俺の形になっちゃったな」

「う、うん、旦那様のおチンポの味も形も覚えちゃったの……はひっ、んんっ、これからもいっぱい、私のエルフまんこ可愛がってぇ」

ビクビクっと背中を震えさせ、絶頂を味わいながらカタリナが言う。

部屋の中は、精液と愛液、そして汗が混じりあい、なんとも言えないいやらしい匂いに満ちていた。

俺はそんな中でもひたすらに、萎えることなく三人のおまんこを味わっていく。

「はひっ、あんっ、あ、あうっ、あ、あくっ、あっあっ、あんっ、ん、んんっ、んあぁっ、ん、んんーっ」

「ヤスヒロっ、ヤスヒロっ、ひぁぁああっ、赤ちゃん孕ませてっ‼」

「わ、私も……んぅぅっ、受精させてほしいっ！」

「だ、だめよ、私が一番最初に妊娠するんだからっ」

「そんなの、どうなるかはわからないだろうっ」

最近は、妊娠をますます意識している三人だった。

能力で受精率も上げられるのかもしれないが、俺たちはそこだけは自然に任せている。

そのほうが、このセックスが愛情からものなんだと思えるから。

「絶対私が一番最初にするんだからぁっ！」

「ケンカするなって。大丈夫、三人同時に孕ませてやるからっ‼」

俺は精液の量は強化しながら、さらに三人の子宮を満たしてやる。

そんなふうに三人の嫁とセックスしながら、俺はあることに気づいていた。

あの本に書かれていた『彼女たちに気をつけろ』という忠告の意味……。

それはきっと、彼女たちエルフがあまりに魅力的で、元の世界に帰りたくなくなってしまうということだったのだろう。

そう、あの本を書いた神と呼ばれた日本人は、きっと俺と同じなのだ。
こんな生活を知ってしまったら、元の世界に帰りたいなんて思うはずがない。
このまま三人とも妊娠したら、また嫁を増やしてもいいかもしれないな。
そして、また子供を作って……エルフ嫁たちと作るハーレム生活を送るのだ。
これからもずっとエルフたちと一緒に、楽しくエロい日々を過ごしていくんだ！
それが、この世界での俺の新しい夢だった。

あとがき

みなさま、ごきげんよう。愛内なのです。エルフも最近はエロ属性を発揮し始め、女騎士以上に責められたり、積極的だったりしますね。エロフ、最高です！　そんな子作りに積極的なエルフ嫁を三人もはべらせて、異世界チートで素敵な毎日を送ってみました。お楽しみ下さい。

挿絵の「きちはち」さん。可愛らしい嫁たちを、本当にありがとうございます。愛され系のお話なので、エルフ嫁たちの魅力的な笑顔に助けていただきました。おかげでイチャラブ生活を、楽しんで書かせていただけました。またぜひ、よろしくお願いいたします！

そして、この本に関わってくれたすべての皆様と、手にとってくださった読者の皆様、本当に本当にありがとうございます！　私がこうして本を出せるのも、皆様のお陰です。もっとエッチにがんばりますので、次の作品でまた、お会いいたしましょう。バイバイ！　気が早いですが、二〇一七年は、ちょっと新しい企画で頑張りたいです。

二〇一六年 一一月　愛内なの

ぷちぱら文庫 Creative
エルフ嫁《よめ》とつくる異世界《いせかい》ハーレム！
～俺《おれ》の嫁《よめ》は全員《ぜんいん》エルフ!?～

2016年 12月20日　初版第1刷 発行

■著　　者　　愛内なの
■イラスト　　きちはち

発行人：久保田裕
発行元：株式会社パラダイム
〒166-0011
東京都杉並区梅里2-40-19
ワールドビル202
TEL 03-5306-6921

印 刷 所：中央精版印刷株式会社

PPC158

異世界トリップの先は女子寮でした
ここでずっと、私たちに
初めてのこと
教えてほしいの♥
リーマン生活を送っていた正雄だが、突然彼女にフラれてしまい、失意のうちに異世界転移した。そこはどうやら女子寮で、正雄は意外にも歓迎されているらしい。魔法に現代知識を折り込み、女子寮の生活を改善した正雄は、全女生徒憧れの的だ。純粋に恋するリリィや、夫にと迫るクラリッサ、美人教師のシンディにまで好意を持たれ、気がつけば女子寮はハーレム状態で!?
ぷちぱら文庫
Creative 144
著：メロンバロン 画：きちはち
定価：本体690円(税別)